JN110473

小仏太郎探偵日誌

長野善光寺殺人参詣

梓林太郎

実業之日本社

カバーフォト／© TAKAHIRO MIYAMOTO/SEBUN PHOTO / amanaimages

カバーデザイン／加藤 岳

長野善光寺殺人参詣／目次

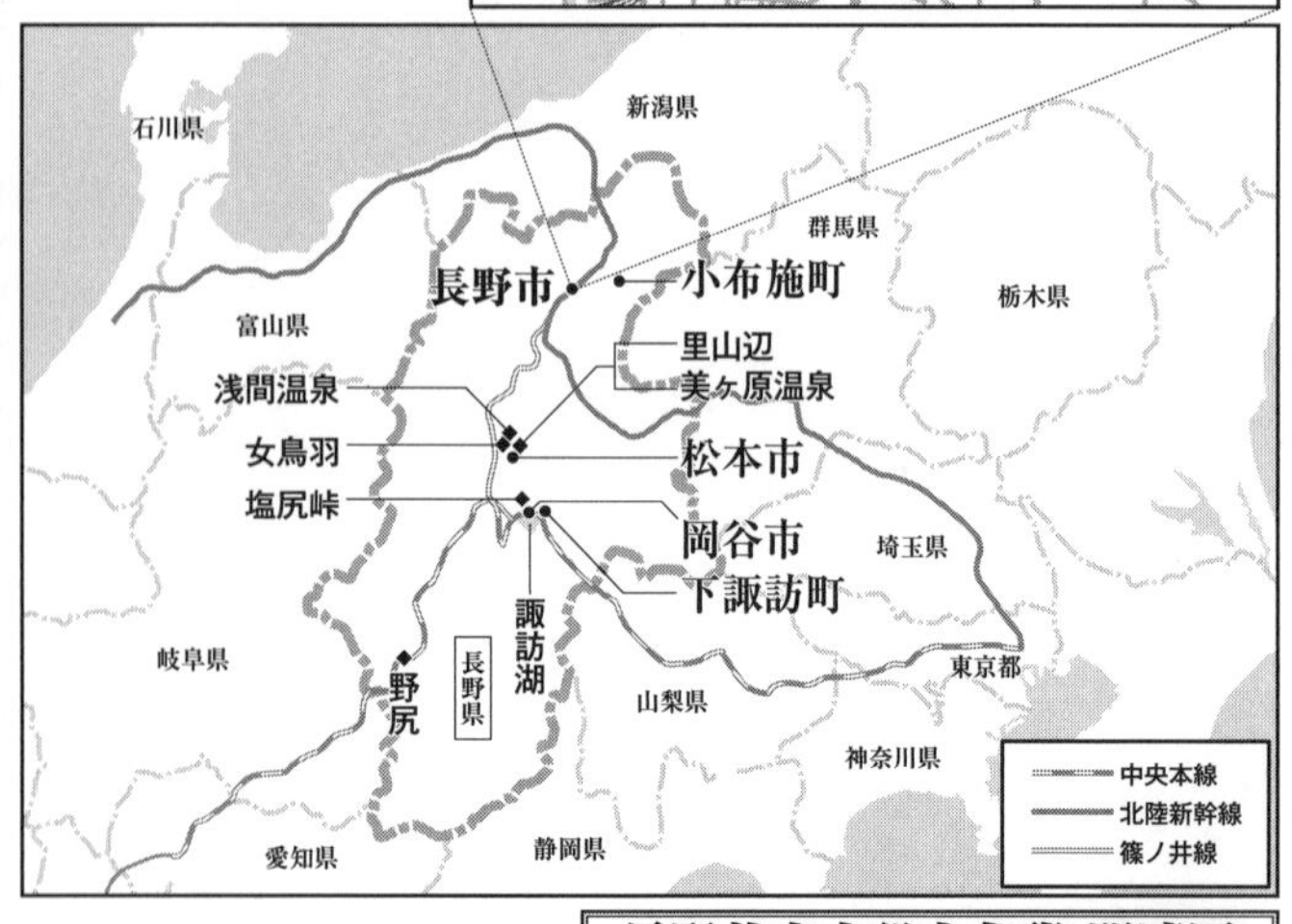

長野善光寺殺人参詣 関連図

地図製作／ジェオ

第一章　霧の道

1

急に真夏になったような六月一日の昼前、身なりのいい中年女性が、亀有の小仏探偵事務所へやってきた。

その女性は、小仏事務所の山田エミコが亀有駅前で配ったチラシを見て、相談するのを思い立ったといった。

所長の小仏太郎が女性に名刺を渡した。

「わたしは、山根七海と申します。住所は柴又で、帝釈天の近くです」

彼女は小仏の名刺を手にして頭を下げた。

エミコがすぐにお茶を出した。

「あら、可愛い猫ちゃんが」

アサオという名の茶の縞の猫は、前脚を伸ばして大あくびをした。

「わたしのところには、犬も猫もおります」

山根七海は微笑した。

「お話を伺います」

小仏がいうと、七海は両手を合わせて胸にあてた。五十二、三歳だろう。

「わたしには、二十七歳の勇一郎という息子と、百合江という二十四歳の娘がおります。主人は敬蔵といって、虎ノ門の富士見物産の社員です」

「大手会社ですね」

　小仏はペンを持ったがメモはしなかった。

「相談させていただきたいのは、勇一郎のことです」

　小仏は小さくうなずいた。

「勇一郎は神田（かんだ）の双和（そうわ）建設に勤めています」

「そこも大手会社ですね」

「ビルや公共の建物の、設計の部署におります」

「才能を評価されたのでしょう」

「仕事は、面白いといっています」

「そうでしょう」

「ところが最近……。あ、二か月ぐらい前からですが、生活に変化が」

「勇一郎さんは独身ですか」

「結婚を考えなくてはならない年齢ですが、独身です。……二か月ぐらい前からですが、月に二度、深夜に帰宅するようになりました」

「深夜とおっしゃると、十一時か十二時ごろ」

　月に二度、深夜の帰宅が二日つづくのだという。その理由を本人にきいたところ、好きな女性ができて、その人に会っているのだと答えた。

　それをきいた母親の七海は、酒場の女性を好きになって、その人のいる店へ行っているのではと想像した。

「勇一郎さんは、お酒を飲みますか」

　小仏は、七海の顔を見てきいた。

「飲みます。強いほうだと思います」

　ごくたまに自宅で父親の敬蔵と夕食どきに飲

むことがあるが、日本酒もウイスキーも飲んでいるという。

「こちらへお伺いしたのは、会社を出てからの勇一郎が、どこで、どういう人と会っているのかを本人に知られないように調べていただきたいためです。いかがでしょうか」

「分かりました。お引き受けします」

小仏は、山根勇一郎の住所と勤務先をメモした。七海ははがき大の勇一郎の写真を出した。眉が濃くて、目が大きい。身長は一七〇センチで体重は六五キロぐらいだという。

勇一郎は月に二度深夜に帰宅する。それが二日つづくのだという。なぜ二日つづくのかを母親は息子にきいたが、「彼女に会っている」と答えただけだという。

「月のうち二度というのは、たとえば月の初めと半ばとか」

小仏はメモを構えてきいた。

「月が変わって三、四日経ってからと、月の中ごろです」

「女性のほうに、そのころでないと会えない事情でもあるのでしょう」

七海は、お茶を一口飲んで、調査料はいつ払えばよいのかをきいた。

「調査が一区切りついたとき、請求させていただきます」

彼女は、白いバッグを胸にあててうなずくと頭を下げた。足もとへ寄ってきたアサオの頭をひと撫でして出ていった。

エミコが、昼食はなにを取り寄せるかを小仏にきいた。

「ざるそばがいい。おまえの分も」

「わたしは、おにぎりを持ってきましたので」

イソこと神磯十三がものもいわず、のそっと入ってきた。きょうの彼は、江戸川区松島の機械工場の規模と工場の写真を撮る調査を終えて、もどってきたのだった。

「いま、やぶ茂へ、ざるそばを頼んだところだけど」

エミコがイソにいった。

「おれのも頼む。ざるの大盛り」

なぜかアサオはイソの足元へは近づかない。エミコの足にからみついて、背中をこすりつけている。

小仏は、そばをすすりながら山根七海に依頼された調査をイソに話した。

「それは飲み屋のねえちゃんでしょうね。山根勇一郎という男は、飲み屋のねえちゃんに惚れたんです。勤めている会社はどこですか」

「神田の双和建設」

「銀座か新橋あたりの飲み屋で、ねばってて、その店のねえちゃんと一緒に店を出て、べつの店へ飲みにいくか、ホテルへでもシケ込むんじゃないかな」

イソは、爪楊枝をくわえて、椅子に反っくり返った。小仏も、イソと同じことを想像していた。

「レポートを早く書き上げろ。夕方、双和建設を張り込む」

「飲み屋へでも行く男の後を尾けるの。五時間も六時間も、飲み屋から男が出てくるのを張り込んでる。飲まず食わずに」

「嫌か。嫌ならエミコと一緒に行くが」

「い、嫌じゃないよ。ただ……」

「ただ、なんだ」

「退屈だろうって、思っただけ」

イソは横を向くと、舌の先をのぞかせた。

アサオが来客用ソファの上で、伸びをした。

午後六時十分前、小仏とイソは、神田警察署近くの双和建設の出入口が見える場所に立った。同社の社員らしい男女が、次から次へと出てくるようになった。二、三人で会話しながら出てくる人たちもいた。小仏たちは山根勇一郎が出てくるのを張り込んでいるが、果たして本人が分かるだろうか、とイソが低声でいった。勇一郎と同じぐらいに見える体格の人は何人もいそうだ。

午後六時三十五分、上着を肩に掛けた青年が出てきた。その男は顔を薄曇りの空に向けて、月か星でもさがすように首をまわした。

「山根じゃないか」

小仏はそういって、双和建設の出入口の前へ近寄り、上着を肩に掛けた男の顔をにらんだ。写真を何度も見て、顔立ちを頭にしみ込ませた男だった。男は上着を抱えて神田駅のほうへ向かった。電車を日暮里で乗り換え、金町でまた乗り換えて柴又で降りた。小仏とイソは、山根勇一郎であるのを確認した。これで、どこで会っても見間違えることはないと確信した。

　六月五日の午前中に山根七海が電話をよこした。

「勇一郎がけさ出がけに、帰りは遅くなるといいましたので……」

　といった。小仏は、「承知しました」と返事をした。

　母親の七海は、小仏がどのような報告をしてくるのかを心待ちにしているにちがいなかった。

　小仏とイソは、午後六時きっかりに双和建設の正面が見える位置に着いた。今日も勤務を終えた社員が吐き出されるようにビルを出てきた。企業の関係書で見たが、双和建設の従業員数は九千四百人だった。

　山根勇一郎は、午後六時三十分に姿をあらわした。グレーの上着を腕に掛けていた。太った男と一緒に出てきたが、神田駅の近くで手を挙げて別れた。彼は神田淡路町を御茶ノ水方面へ向かい、銀行の角を右折したところのカフェへ入った。

「だれかと待ち合わせだな」

　イソが独り言をいった。五、六分経った。

「どんな人と会っているか、見てこい」

　小仏がいうとイソは、カフェの前に立って呼吸をととのえるようにして、店内へ入った。

　店内を見まわして、勇一郎が会っている人物を見たのか、二分ほどで店を出てきた。

　まばたきをして、目をこすってから、

「すげえ美人と会っている」

「美人。何歳ぐらいの女性」

「二十代半ばだと思う」

「女の服装は」

「白っぽい半袖シャツ」

「だれかに似ているか」

「女優の長浜麻理恵に似ているような気がする」

「よし。二人はメシを食いに行くだろう」

「畜生」

　イソは路面を蹴った。片方の靴が二メートルばかり前へ飛んだ。棄ててもいいような踵が斜めに減った靴だ。

「急に腹が減ってきた。……やつは、ふるいつきたくなるような別嬪と会っている。同じ人間なのにおれは、血も涙もないような、態度も図体もでかい男に、朝から晩までコキ使われている。この違いはなんなんだ」

　イソはまた地面を蹴った。なにか食いたいと、天に向かって叫んだ。

　山根勇一郎は女性と一緒にカフェを出てきた。女性は二十五、六歳だろう。彼女の身長は一六〇センチあまり。白地に小さな虫が無数に飛んでいるような模様の半袖シャツにベージュのタイトスカート。抱えているバッグはクリーム色。薄く染めた髪は肩にかかっている。

　小仏は、二人の後ろ姿をカメラに収めた。

　勇一郎は道路の両側に並んでいる大小のビルを指さして、彼女に話し掛けながら、御茶ノ水駅に着いた。

　電車に乗って、新宿で降りた。東口へ出て、歌舞伎町方面へ向かい、十字路の角の巴屋という和風レストランへ入った。勇一郎の足取りから推測すると、何度も利用したことのある店のようだ。

「畜生。二人は旨い物を飲んだり食ったりするんだろうな」

イソは、二人が入った店をにらんだ。

「ラーメンでも食おうか」

小仏が紅いネオンを眺めながらいった。

「ラーメン……」

イソは不満そうないいかたをした。

「嫌なのか」

「あの二人は、酒を飲みながら、マグロの刺し身かステーキを食うにちがいない」

「そうだろうな」

「おれたちも、夕飯らしい物を食いたい」

「そうか。じゃおまえだけ、スキ焼きでもカニでも勝手に食ってくるがいい。おれはラーメンで充分だ」

「虐待だ。訴えてやる」

イソは地団駄を踏んだ。

2

山根勇一郎と女優の長浜麻理恵似の女性は、一時間二十分経って巴屋を出てきた。二人は肩を触れ合うようにして歌舞伎町のホテル街を縫うように歩いて、職安通り近くのラブホテルに入った。

「腹が減った」

イソは腹を撫でた。

「さっき、ラーメンの大盛りを食ったじゃないか」

「ラーメンだけっていうのは、夕飯とはいえない。お八つだ。……二人がいいことをやって、ホテルを出てくるのを待つの」

「山根は柴又の自宅へ帰るだろうが、女は朝までラブホテルにいるのか、それともどこかへ移るのか」

それを見届けるまで、張り込みと尾行をつづける。

「おまえは、この近くでうどんでもおでんでも食ってこい。帰りにコンビニで餡パンと水を買ってこい」

イソは返事をせずに小仏の横をはなれた。

彼はなにを食べてきたのか三十分あまりして、小仏の横に立った。

「あっ、パンを買うのを忘れた」

イソは、職安通りを走って渡った。

山根勇一郎と女性がラブホテルを出てきたのは午後十一時四十五分。二人は、ホテルの横で客を降ろしたタクシーに乗った。小仏とイソはつづいて走ってきたタクシーに乗って、山根と女性が乗ったタクシーを追った。

山根らが乗ったタクシーは西新宿の都庁近くの、パピルスホテルに着き、女性だけが降りた。山根は車内で手を振って女性と別れた。

彼はそのタクシーで柴又の自宅へ帰った。

翌朝、山根勇一郎を尾行した記録を、エミコにパソコンで打たせせた。

イソは、午前十時過ぎに、目をこすりながら出勤した。椅子に落ちるように腰掛けると、

「ゆうべの二人、女が泊まるホテルがあるんなら、ラブホテルを利用しなくてもいいのに」

イソは鼻毛を引き抜いた。

「女性は潔癖症なんじゃないかな。自分が寝るベッドに、他人を寝かしたくないんじゃ」

「なんだか、無駄遣いをしているみたいだ」

小仏が口述した調査報告書が出来上がった。

彼は、柴又の山根家へ電話した。

七海は、小仏の報告を待っていたようにすぐに電話に応えた。勇一郎は二十五、六歳に見える女性とラブホテルを利用したというと、

「まあ、恥ずかしい」

といった。勇一郎はけさも出がけに、帰りが遅くなるといったという。七海は、「きょうも調査をお願いします」といって電話を切った。

小仏とイソは、双和建設の社員の退出を張り込んだ。山根勇一郎は判で捺したように午後六時三十分にビルを出てきた。彼はきのうとは反対方向へ、早足で歩いた。昨日と同じグレーの上着を腕に掛けている。

彼は神田駅に近い料理屋へ入った。イソは店内をのぞいてきて、

「山根は、きのうと同じ女性と会っています。女性のテーブルにはビールのびんが置いてあるので、彼女が飲んでいたにちがいない」

といった。女優に似ている女性は、コーヒーよりも酒が好きなのか。彼女の服装はきのうとはちがっているという。銀色のような光った生

地の半袖シャツを着ている、とイソは憎い人を指すようないいかたをした。

　二人が店を出たのは午後八時過ぎだった。今夜も歌舞伎町のラブホテルに入るのではとみていたが、タクシーを拾って赤坂に着いた。

　細い路地の中間にある「レガート」というピンク色のライトを点けた店へ入った。歌声はきこえないので、カラオケスナックではないらしい。

「畜生。今夜も二人は、旨い酒を……」

　イソがつぶやいた。レガートのドアが開いて中年の男が出てきた。酔っているらしく肩を揺らしながら赤坂駅のほうへ向かった。

　山根と女性は、午後十時四十分にレガートを出てきた。赤坂駅方向へ歩いたが、流しのタクシーを拾って、西新宿のパピルスホテルで女性を降ろした。

　翌朝、小仏は昨夜の勇一郎の行動を七海に報告すると、パピルスホテルへ向かった。勇一郎が二日つづけて会った女性の身元や職業を知るために、昼間の行動をつかむことにした。

　女性は午前九時少し過ぎに一階のレストランを出てきた。ロビーのソファで新聞を開いた。どの記事を読んでいるのかは分からないが、二十分ぐらいのあいだ熱心に読んでいた。新聞をたたむと元の位置にもどした。部屋にもどるらしくエレベーターに乗った。彼女が泊まった部屋は八階らしかった。

　一階へ降りてきたのは午前十時四十分。提げていた旅行鞄をフロントにあずけた。クリーム色のバッグを胸に押しつけるようにしてホテルを出ると、新宿駅方面へ向かって歩いた。

　中央線の電車で中野で下車した。北口へ出てブロードウェイを通って、早稲田通りを渡った。町名は新井だ。住宅街へ入ると、バッグから小型ノートを取り出して、左右に目を配っていた。道路の両側には同じような二階建ての住宅が並んでいる。彼女はそのうちの一軒をスマホで撮影した。彼女が撮った家には「田代」という表札が出ていた。その家を、小仏もカメラに収めた。

　天気がよいのに田代という家には洗濯物が出ていなかった。二階の窓にはカーテンが張られている。

　彼女は、田代という表札の出ている家をひとにらみして、歩いてきた方向へもどった。中野から電車に乗って新宿で降り、パピルスホテルであずけておいた旅行鞄を受け取った。

「帰るらしいな」

　小仏がいった。

「遠方かな」

　イソはガムを噛みながらいった。

「遠方だと、飛行機だぞ」

「羽田へ行くのかな」

　彼女が手にした茶革の鞄は上質のようだ。

　ホテルを出ると彼女は早足になった。新宿駅の自動券売機で乗車券を買った。新宿発の列車に乗るらしいが、どこまでの乗車券を買ったのかは分からなかった。小仏とイソは松本までの乗車券を買った。

　女性はホームに出て椅子に鞄を置いた。五、六分経つと十四時発の特急「あずさ」が入線してきた。彼女はホームの売店で弁当とお茶を買った。イソも二人分の弁当とお茶を買って、彼女がすわった席の二つ後ろの席へ腰を下ろした。

「彼女は、甲府か、終点の松本まで行くのか」

　小仏は、彼女の薄く染めた頭を見ながらいった。

　氏名を知らない彼女は、山根勇一郎に会うために中央本線の列車に乗ってきたのか。それとも、中野区新井の「田代」姓の家を確かめるためだけに東京へやってきたのか。小仏は二席先の女性の頭を見ながら首をかしげた。

　イソは空腹をこらえていたのか、弁当を膝にのせた。一人の女性を尾行していることなどとうに忘れているようだった。ラッパ飲みしたお茶に咽せて咳をした。

「所長は、食欲がないの」

　イソは、小仏の膝の上を見ていった。

「おまえの食いかたを見ていると、一緒に食うのが嫌になる」

　イソは、ふんといって、弁当をきれいに食べ終えた。

　列車が大月を出たところで、小仏は弁当を開いた。イソは、尾行中であるのを忘れたか、目を瞑っている。

　甲府で何人かが降りた。南アルプスへの山行だろう。大型ザックを背負った男が二人いた。

　特急列車は、小淵沢、上諏訪、岡谷、塩尻にとまって、二時間三十九分で終点の松本へ着いた。

　女性は松本城側へ出てタクシーに乗った。

「松本市内に住んでいる人かな」

　小仏とイソもタクシーに乗って、女性が乗ったタクシーを追ってもらった。

　女性が乗ったタクシーがとまったところは美ケ原温泉で、地名は里山辺。彼女は旅行鞄を車内に置いて、左右を見まわした。どうやら帰宅ではないらしい。小型ノートを手にして旅館やホテルが並んでいる道へ入った。その界隈は眠っているように静まり返っている。五、六分歩いて目的の家をさがしあてたらしく、スマホを出して門のある二階屋を撮影して去っていった。

　小仏は、彼女が撮った家の前に立った。表札が出ていて「田代」だった。東京の中野区新井で彼女が撮影した家も田代姓である。

　彼女は逃げるようにタクシーにもどった。なんのために田代姓の家をさがし、撮影するのか。中野区の田代姓の家と美ヶ原温泉の田代姓の家は親戚にちがいない。彼女が二軒の同姓の家を隠し撮りしたのには深い事情がありそうだ。後日のために田代という人の家をそっと確認したのだろう。小仏は彼女に暗い秘密を感じた。

　彼女の乗ったタクシーは松本駅へもどった。

　彼女は発車間際の篠ノ井線の列車に乗り、終点の長野で降りた。善光寺口でタクシーに乗り、七、八分走って三輪という住宅街で降りた。長野電鉄長野線の善光寺下駅の北側である。彼女は旅行鞄を持って車を降りたのだから帰宅だろう。

周りの住宅からは灯りが洩れ、自転車の人が忙しげに通った。

彼女は二階屋の木製の門に付いているインターホンを押した。すぐに小柄の女性が玄関から出てきた。若い人ではなかった。

彼女は旅行鞄を持って門をくぐった。どうやらそこが自宅のようだ。門には表札が出ていて「門島」とあった。小仏がその表札を撮った。玄関の灯りが消えた。遠くから犬の鳴き声が聞こえたが、住宅街は静まり返っていた。

小仏とイソは、長野から最終列車で東京へ帰った。事務所に着くと、机の下で寝ていたらしいアサオが伸びとあくびをして、小仏の足に背中を押しつけた。

3

翌朝、小仏は元同僚で警視庁本部の捜査一課にいる安間善行に電話して、長野市三輪の門島という姓の家の、家族の名と年齢を調べてもらいたいと頼んだ。

「事故か事件に関係がある家なのか」

安間がきいた。

「ありそうな気がする。門島という家の二十代の娘が、中野区新井の田代姓の家を確かめて撮影し、次に松本市里山辺の田代姓の家を見て、同じことをした」

「二軒の田代という家を撮影した。目的はなんだろう。二軒の田代姓の家の内情でも知ろうとしているのかな」

「そうかもしれない」

安間は三十分後に返事の電話をよこした。

門島家の戸主は、門島基広五十一歳、その妻靖子五十歳、基広・靖子の長女淡路は二十五歳、長男直和は二十三歳。基広の母桃子七十六歳。

基広は長野市鶴賀で門島建材という会社を経営しており、淡路はその会社の社員。直和は市内箱清水の祭建設社員。

安間からの電話を終えたところへ、山根七海が電話をよこした。六月六日の勇一郎は会社を出ると、神田駅近くの料理屋で女性に会った。その女性の名は門島淡路だと伝えた。

「女性の氏名が分かったんですか」

「あるルートから確認しました。……会社を出た勇一郎さんは、神田駅近くの料理屋で門島淡路さんと会って、食事をしたあと、赤坂へ行き、レガートというバーへ入り、午後十時四十分にバーを出て、パピルスホテルへ淡路さんを送ってから、帰宅しました」

と報告した。

「門島淡路という女性は、勇一郎に会うためだけにどこからか東京へ出てきたのでしょうか」

七海がきいた。

「そうではないようです」

「勇一郎以外の人と会ったのですか」

「いいえ。七日の門島さんは、中野区で田代姓の家をスマホのカメラに収めました。西新宿のホテルにもどると、あずけておいた旅行鞄を受け取って、新宿から特急電車に乗って松本へ行き、市内の里山辺というところの田代姓の家を写真に撮りました」

「中野区で撮ったのも田代という家でしたね」

「そうでした。なぜ二軒の田代という家を見て、撮影したのかは不明です」

「門島淡路という人は、なんだか秘密を抱えているようですね」

七海はつぶやいた。小仏は、調査報告書を調査料金請求書を添えて送るといって電話を終えた。

七海は、息子の勇一郎が、長野市の門島淡路と交際している。が、彼女はなにかを調べているらしい。それを知っているかと勇一郎にききそうな気がする。

勇一郎は母親の七海に、なぜ淡路の行動を知っているのかとき返すだろう。探偵事務所に調査を依頼したのだと母親は答えるだろうか。そのことで親子のあいだに悶着（もんちゃく）が起きなければいいが。

門島淡路は住所を確かめるようにして田代姓の家にカメラを向けた。小仏は、二か所の田代姓の家と彼女はどういう関係かが気になった。

小仏はあらためて安間に電話して、二か所の田代家の家族を知りたいといった。

こういう調査には所轄交番の署員があたる。

二時間ほど経って、安間が電話をよこした。

中野区新井の田代家＝戸主は田代唯民（ただおみ）、四十三歳。杉並区方南（ほうなん）にある中古自動車販売の安心（あんしん）自動車社員。家庭は、妻菊美（きくみ）と高校生の娘。妻は中野区役所職員。

　松本市里山辺の田代家＝戸主は田代修治（しゅうじ）、四十五歳。松本市開智（かいち）の城北（じょうほく）ホテルの社員。家庭は、長女波江（なみえ）、二十歳。彼女は学生でもないし定職にも就いていない。次女球子（たまこ）、高校生。妻光子（みつこ）がいたが、本年一月、家を出ていき、現住所は不明。離婚したようにもみえるが、その手続きはきょう現在なされていない。

　田代修治と田代唯民は兄弟であることが分かった。

　東京・中野区と松本市の田代家の戸主は兄弟だと分かったが、長野市に住んでいる門島淡路が二人の住居を確かめるような行動をした理由は不明だ。

　淡路が二か所の田代という姓の家を見に行き、写真に収めたということは、彼女か、あるいは門島家となんらかの関係があるにちがいない。

　小仏は、床にころがしたテニスボールを追いかけているアサオを見ながら腕を組んだ。窓には夕陽があたっている。

　山根七海が電話をよこした。

「きのういただいた請求書の調査料は、先ほど振り込みました」

　彼女は、調査料が高いとはいわなかった。

「いただいた調査報告書を読んでいて感じたことですけど、勇一郎は、淡路さんと結婚するといい出しそうな気がします。淡路さんはなにかを調べているようです。調べていることは彼女の秘密に関することかもしれません。秘密を抱えている女性を、うちの嫁に迎えるわけにはいきません。それで、なんのために他人の家を見たり撮影したりしているのかを、調べてください」

　小仏はもっともだといって、あらためて調査を引き受けた。

　窓を向いてあくびをしたイソは、小仏のほうに顔を向けると、

「淡路という娘の目的が分かるかな。分かるかどうか分からない調査を引き受けて……」

「分かるまで調べるんだ。おまえは遠方へ行って仕事をするのが嫌なんだろ」

　小仏は、孫の手でテーブルを叩いた。

　イソは小仏をひとにらみすると、ドアを乱暴に閉めて外へ出ていった。

　彼は、亀有駅南口近くの「ドミニカン」というカフェで、コーヒーでも飲んで時間をつぶし、バー・ライアンが開くのを待つにちがいない。

　ライアンにはキンコという体格のいいホステスがいる。彼女は二十五歳といっているが、二つか三つ上だろう。本名は伊達君子。秋田県男鹿市生まれだ。彼女が八歳のとき、漁に出た父が帰ってこなくなった。乗っていた船も見つからなかったという。

　イソはキンコが好きで、週に一度は飲みに行き、歌を一緒にうたい、酔い潰れるまで飲んでいる。

　ライアンにはもう一人女性がいる。本名は黒木まどか。店ではマドカを名乗っている。彼女は函館出身だ。実家は牛を飼っているという。細面で口も小さい。イソは、「マドカは所長の

ことが好きらしい」といっている。小仏は、マドカと二人だけで会ったことはない。

エミコは午後六時半に、「お先に失礼します」と小仏にいい、アサオの頭を撫でて事務所を出ていった。それを見ていたようにイソが電話をよこした。

「いま、かめ家へ入ったとこ。一緒に夕飯を」

かめ家は小料理屋だ。夫婦で店をやっていて十九歳のゆう子という娘が手伝っている。

「おれは、まだ仕事中だ」

「夕飯を一緒にしてから、仕事にもどれば」

「きょうは、おまえと一緒にメシを食いたくない」

「そうですか、そうですか。おれは焼き魚と天ぷらで」

イソは電話を切った。彼はかめ家へキンコを招ぶのではないか。

小仏は、松本市里山辺の田代修治と、中野区新井の田代唯民は兄弟だという報告書を書き上げた。

その二か所の家を、門島淡路が見に行き、写真に収めた理由をつかまなくてはならない。二か所の田代姓の家へ行って、「なにか深刻な事情でも抱えているのではないか」などときくわけにはいかない。

小仏は、「なにか食わせろ」と騒いでいる腹の虫を一時おさめるために牛乳を飲んで、外へ出た。なにを食べようかを迷ったが、かめ家へ足を向けた。

カウンターの奥にボロ雑巾のような男が顔を伏せていた。イソである。酒を飲んでいるうちに睡魔に襲われたのだろう。彼のほかに客はいないので、主人はそのまま眠らせていたようだ。

小仏は水をもらった。半分飲んで、半分をイソの首に注いだ。イソは顔を上げると身震いした。

小仏は、コハダのコブじめで日本酒を飲んだ。

イソはしばらく身動きしなかった。ここがどこなのか、なぜ首や背中が冷たいのかが分かっていないらしいし、二メートルほどはなれたところに小仏がいることすら分かっていないようだ。

男女の客が入ってきたので、小仏はイソの襟をつかんで外へ連れ出した。イソは目を醒ました。ライアンへ行こうと、小仏の袖を引っ張った。

「おれは食事中だ。おまえはどこへでも行くがいい」

イソは地面を割るようなくしゃみをした。

「冷たいなぁ、冷たいよう、おっかさん」

イソは千鳥足でふらふらとライアンのほうへ向かった。

小仏は、かめ家へ入り直すと、エビの天ぷらでご飯を食べた。

「小仏さんは、猫を飼ってるそうですね」

かめ家の女将がいった。イソが喋ったらしい。

「二た月ぐらい前の朝、子猫の鳴き声をきいたので、ドアを開けたら、茶の縞の子猫がいた。だれかがドアの前へ置き去りにしたらしい。私の顔を見て、さかんに鳴くので牛乳を与えた。牛乳を飲むと、眠そうな目をした。その顔を見てたら、捨てておく気にはなれなくて……」

「猫の眠たくなったときの顔って、可愛いわよね。わたしは飼いたいけど、主人が反対なの。抜けた毛が着ている物に付くから」

　食事を終えた小仏は、いったんライアンのほうへ足を向けたが、酔い潰れているにちがいないイソを見るのが嫌で、住まい兼事務所へもどった。エミコがすわる椅子の下で丸くなっていたアサオが飛び出てきて、小仏の足にからみついた。

4

　小仏は朝六時にアサオに起こされた。空腹になったアサオが、眠っている小仏の頬（ほお）にノックをするのだ。小仏は目をこすりながら小皿に餌を盛った。アサオの食事をぼんやりと眺めていたが、眠りが足りないようだった。アサオは食べ終えると、応接用のソファで入念に毛繕いをした。小仏は腹がすいていないので、亀有駅までを二往復した。勤め人の列が駅に吸い込まれていくのを、十分ばかり眺めていた。

　朝刊を広げたところへ、山根七海が電話をよこした。

「朝早くからすみません」

彼女は小さな咳をしてから、昨夜、勇一郎に、お付合いをしている門島淡路の奇妙な行動を知っているかときいたのだという。奇妙な行動とは、淡路が中野区新井で田代姓の家を撮影し、松本市里山辺でも田代という家を撮ったことを指し、なにかを調べているようだが、それを知っているかをきいた。すると勇一郎は知っていると答えた。

それで七海は、淡路はなんの目的で二軒の田代家を見て、撮影したのかをきいた。すると勇一郎は、淡路からきいた出来事と、行動を話した。

――四月二十七日の夜八時ごろ、淡路の祖母の桃子は長野市上松(うえまつ)の友人の家から帰る途中、長野県立大学の近くの道路を渡っていたが、北側から走ってきた乗用車にはねられた。彼女をはねた車は何メートルか先でとまって、男が一人車を降りたが、急に考えが変わったのか、車に駆けもどって、急発進して逃げていった。近くを歩いていた人が救急車を呼び、桃子は長野中央病院へ運ばれた。

逃げた車を目撃した人がいた。その人は「轢(ひ)き逃げ」と叫んで、逃げていく車のナンバーをメモした。そして後日、被害者名とその人の住所を摑(つか)んだ。

逃げた車のナンバーをメモした人は、多額の金を強請(ゆす)り取ろうと計画したらしい。強請行為が成功したのかどうかは定かでないが、一週間で退院した被害者の門島桃子に、あなたに怪我(けが)をさせた車を運転していた人は、と電話した。

電話を受けた桃子は、受話器を孫の淡路に渡した。電話は男性からだが、若い人ではないようだった。

「門島桃子さんをはねた車を運転していたのは、東京中野区新井の田代唯民。その車に同乗していたのは松本市里山辺の田代修治。修治と唯民は兄弟だよ」と教えた。

電話を直接きいた淡路は、家族と相談のうえ、見知らぬ男のいったことを確かめるために上京した。

轢き逃げの加害者の氏名と住所を教えた男は、氏名を名乗らなかった。門島家の人たちは、薄気味悪い思いをしているという。

上京した淡路は、田代という姓の家を確認し、松本の家も写真に収めて帰宅したが、アクションを起こしはしなかった。だが、淡路の弟の直和は承知できないといっているらしい。つまり口をつぐんでいる二人の田代に対して、なんらかの制裁を加えるべきだといっているようだ。轢き逃げに遭った当人の桃子も、「車を運転していた人になんらかの制裁を加えるのが当然だ」と、怪我をした個所に手をあてていっているという。

轢き逃げに遭って怪我をした門島桃子は、自分は不運だったといって、泣き寝入りしているような女性ではないらしい。孫の淡路と直和に、「田代という二軒の家を確かめてくるように」といいつけたので、淡路は祖母のいうことをきいて、恋人の山根勇一郎とのデートを兼ねて、田代姓の二か所の家を撮影して帰宅した。淡路の話をきいた桃子はなにを考えているのか、自分の部屋へ入ったきりだという。

　祖母の桃子が怪我を負って入院したことや、轢き逃げを目撃した人が、加害者名や住所を教える電話をくれたことを、門島淡路は電話で勇一郎に伝えていたのだが、昨夜、淡路が、

「遅い時間にすみません」

　と、あらためて勇一郎に電話をよこした。その電話の内容はこうだった。

「この前、祖母を車ではねたのを見たと電話をくれた人がいましたが、その人とは別人と思われる男性が、先ほど電話をくれました。轢き逃げ事故が発生した場所を正確に教え、加害車両はグレーのスピリットだといいました」

　その人がいった轢き逃げ事件が発生した地点も、車両も正確だった。

　見知らぬ人からの夜の電話を受けた淡路は、相手の名をきいた。すると、「だれでもいいでしょ」といって切られてしまったという。名乗らない男からの電話を受けた淡路は、不快な思いをしたし、轢き逃げを目撃した人は最低二組いると判断したので、勇一郎に電話で知らせたようだ。

「警察は当然、轢き逃げ事件を調べているでしょうが、わたしたちには詳しいことは教えてくれないと思います。それで、小仏さんは、加害者の田代という二人がどういう人物かなどを、調べてくれませんか。もしかしたら田代という人は、被害者の門島桃子さんの知り合いかも」

小仏は、受話器をつかんでうなずいた。田代兄弟は、門島桃子か、あるいは門島家の家族に恨みでも抱いていたのかもしれない。門島淡路も、自分の家族が田代という人から敵意を持たれていたのではと、気をまわしてるのではないか。

小仏はイソを伴って、住宅街の中野区新井で田代唯民の家へ向かった。

「嫌な臭(にお)いがするね」

イソが鼻を動かした。その臭いをたどるように歩いていたが、十字路を目に入れたとたんに小仏とイソは、「あっ」と声を上げた。左角の家は黒い柱だけになり、そこを黄色のロープが囲んでいた。火事になったのだ。異臭はそこから出ているのだった。隣家の二階屋の壁は炎に焙(あぶ)られてか、変色している。黒い柱だけになって異臭を放っているのが田代唯民の自宅だった。「立入禁止」の札が微風に揺れている。

小仏とイソは顔を見合わせた。焼け跡の近くに立っていると、買い物袋を持った中年女性が通りかかった。近所の人のようだったので、

「この家はいつ火事になったのですか」

と小仏がきいた。

「きのうです。日が暮れて間もなくでしたので、午後七時ごろでした」

「田代という姓の家でしたね」

「そうです。高校生の娘さんがいて、わたしの娘とは同級生でした」

「田代さんの避難先をご存じですか」

「分かりません。お隣はご存じなのではないでしょうか」

　主婦は足早に去っていった。

　壁を焦がされた家へ声を掛けた。五十歳ぐらいの主婦が出てきた。小仏は、「大変な目にお遭いになりましたね」と主婦を労（いたわ）った。

「はい、とんだ目に。……近所の人が火事だって知らせてくれたんです。わたしはバケツに水を入れて。……わたしが水を掛けるくらいではなんの効果も。それより、危険だといわれて逃げました。なんだか赤い火に追いかけられているような気がしました」

　主婦は、燃える隣家を思い出してか胸を押さえた。

「火災が発生したとき、田代さんの家には、どなたかいましたか」

「だれもいなかったようです。ご主人はお勤め先だったでしょうし、区役所勤務の奥さんはまだ帰っていないようでした。高校生の娘さんは塾だったと思います」

「無人の家から出火」

　小仏はつぶやいた。

「けさは刑事さんがきて、放火の疑いがあるがといって、田代さんのご主人や奥さんの人柄なんかを、わたしにききました。……ご主人は、会えば頭を下げますけど、話をしたことはありません。奥さんは区役所でどんな仕事をしているのか知りませんが、活発な感じの方です」

「自分の家ですか」

「貸家です。ここから中野駅のほうへ三百メートルぐらい行くと、小さな神社があります。その横に大きい門構えの池田さんという家がありますが、そこが大家さんです。池田さんはこの付近に何軒か貸家を持っているようです。わたしの家の土地も池田さんの所有です」

「田代さんは、ここに何年ぐらい住んでいましたか」

「三年ぐらいだと思います。奥さんの話ですと、ご主人も奥さんも長野市のご出身ということです」

　小仏は、巨大な炭になってしまったような田代唯民と妻子が住んでいた家を、カメラに収めた。

　小仏は、家主の池田家を訪ねて七十代見当の主人に会った。池田家は以前米屋だったという。

田代唯民と妻子が住んでいた家の火災は、放火らしいがと小仏がいうと、

「私もそう思っています。家人がいない時間帯の火災です。放火以外は考えられません」

　といった。

「あの家に住んでいた田代さんを、困らせる目的での放火でしょうね」

　小仏がいった。

「田代唯民さんは、中古車販売会社の社員。奥さんは、中野区役所の職員。事件に遭うような家族ではないようですが、だれかに恨まれていたのでしょうか」

　主人は、髪が薄くなった頭に手をやった。

　山根七海の話によると、家人が轢き逃げに遭った門島家の人たちは、加害者になんらかの制

裁を加えるべきだといっているようだが、その前に加害者の田代家は何者かに住まいを焼かれてしまった。放火は間違いないだろう。放火された田代家に住んでいたのは、主人の田代唯民とその妻菊美と娘の舞だ。

その三人はどこへ避難したのか。警察は放火の犯人をさがすために、田代唯民と菊美から心あたりをきいているはずだ。

「神社の向こう側に若草荘というアパートがあります。空いている部屋があったので、そこへ」

家主の主人に教えられたので、小仏とイソは、神社の前を頭を下げて通って、若草荘の横に立った。二階建てのアパートには八部屋あって、どの部屋も押し黙ったように静まり返っている。

田代家の三人が避難したのは一階の左端の部屋だった。

ドアをノックすると、すぐに女性がドアを開けた。顔をのぞかせたのは菊美だった。

小仏は彼女に名刺を渡した。

「探偵社の方……」

彼女は、名刺と小仏の顔を見比べるような表情をした。

小仏は、火災に遭ったことへの悔みを述べた。

「放火らしいということですが、お心あたりはありますか」

「そんな、そんな心あたりなんて、ありません」

彼女は小仏の名刺を持ったまま、

「探偵社というのは、どなたからか依頼を受けて、調査をするところですね」

といった。

「そうです」

彼女は、調査の依頼人はだれかとはきかなかった。

「先ほどは警察の方がおいでになって、放火をされる心あたりをきかれましたけど、小仏さんも同じことを……」

小仏はうなずいてみせた。

「ご主人は、四月二十七日の夜、長野市で轢き逃げ事件を起こしていますね」

「轢き逃げ……。知りません。轢き逃げなんて」

「ご主人は奥さんにも隠しているんでしょう。被害者は道路の信号のないところを渡ろうとしたんですから過失です。道路を渡ろうとした人は七十代の女性でした。ご主人はいったん車を降りてその女性を見たのに、気が変わったのか車にもどって、走り去った。ですから、轢き逃げ事件ということになったんです」

「知りませんでした。それ、本当なんでしょうね」

「本当です。被害者は分かっているし、轢き逃げを目撃した人もいるんです」

「知りませんでした」

彼女は両手を頰にあてた。

「その車には同乗者がいました。それはご主人のお兄さんの田代修治さんらしい」

「事故を起こした車は、その場を立ち去ったということですけど、どうして田代だと分かったんですか」

　彼女は頬に手をあてたまま首をかしげた。

「目撃者が、車のナンバーを記憶し、すぐにメモをしたのでしょう。そのナンバーによって車の所有者をつかんだのです。加害車両は、グレーのスピリットです」

「主人の兄の車です。……その事故は四月二十七日とおっしゃいましたね」

　彼女はそういって奥へ引っ込んだが、ポケットノートを持ってきて、主人は四月二十七日にはたしかに長野へ行っている、といった。

「長野からもどってきてからのご主人のようすに変わったところは」

　小仏は、田代菊美の顔をじっと見てきいた。

「いつもと違ったところはないようでしたけど、わたしが気付かないだけかも……」

　彼女は、憶え書きをしているらしいノートに目を落とした。自宅が放火されたことをあらためて考えているらしかった。

「小仏さんは、交通事故に遭った方をご存じなんですか」

　彼女は、事件という言葉を意識的に避けているようだ。

「知りません。私に調査を依頼した方からきいたことです」

「きのう、私たちが暮らしている家へ火をつけたのは、長野で交通事故に遭った人でしょうか」

　菊美はそういったが、小仏は分からないというふうに首をかしげた。そして、警察はどうみているのかを彼女にきいた。きょう訪れた捜査員は、「だれかに恨まれていないか」と繰り返しきいたという。

5

　東京中野区新井の田代唯民の自宅に火をつけたのは、長野市の門島桃子の関係者ではないか。彼女は七十代だが実年齢には見えず矍鑠（かくしゃく）としているようだ。十日に一度は善光寺へ参拝に歩いて行っていたし、市内に住んでいる知友の家を訪ねてもいた。ところが四月二十七日の夜、知人宅からの帰宅道中に車にはねられ、病院で治療を受けた。一週間入院して退院したが、負傷した左足が痛むといって、それからはほとんど外出していないらしい。

　彼女が遭った事故の加害者は、田代唯民という四十三歳のサラリーマンだ。彼は兄修治の所有車に兄を乗せて走行中、信号のない道路を渡ろうとしていた門島桃子をはねてしまった。その被害者を彼は救助せずに現場を立ち去ったのだが、それを目撃した人がいた。その事故を田代は口外せず、頬被（ほおかぶ）りしていた。ところがそれを知った人がいた――田代唯民家が放火されたことと、夜の交通事故は、無関係ではないのではないかと小仏はにらんでいる。

「夜の事故を目撃した人は、加害車両の所有者をつかんだ。……おまえならどうする」

　小仏はイソにきいた。

「なぜ警察に知らせないのかって、そいつの首を絞める」

「首を絞めるだけか」

「警察に知らせると、いろんなことをきかれそうだけど」

「いろんなことをきかれそうだから通報しないということは、なにか後ろ暗い過去を持っているということだな」

「そう、藪蛇（やぶへび）になりそうだから」

「夜の事故の目撃者は、警察に通報せずに加害者を強請るかもしれないな」

「金に困っているか、金を欲しいやつなら、警察に訴えるがいいかって、事故の加害者を脅すだろうね」

「おまえなら、それをやりそうだな」

「けっ。話をこっちへ向けないでよ」

イソは横を向いた。

「あっ、そうだ」

小仏はデスクを叩いた。

「なにか、思い付いたらしいね」

「夜の事故を目撃した人は、加害者の田代唯民を脅した。金を強請り取るつもりで、警察に訴えるがいいかって。ところが田代は動じなかった。それで腹いせに、家に火をつけた」

「そうか。そのとおりかもしれない」

小仏はエミコにコーヒーをいれてくれといった。

「おれのも頼む」

イソはガムを噛みながらいった。

デスクの電話が鳴った。警視庁の安間からだった。

「妙な手紙が舞い込んだ」

「妙な、とは、どんな……」

「中野区新井の田代唯民は、間もなく焼け死ぬだろうと、マジックペンの太い字で書いてあるだけだ。差出人名も住所も書いていない。宛先は警視庁とあるだけだ。コピーをファックスで送るので、参考にしてくれ」

「田代唯民は焼死しなかったけど、家を焼かれ、裸同然になった。放火したのは、その手紙を本部へ送ったやつじゃないかな。……そいつは、四月二十七日の夜、長野市で起きた交通事故の目撃者だろう」

「夜の轢き逃げは長野市内だったな」

「事故の現場は、善光寺の近くだった」

門島桃子が事故に遭ったのを目撃した人は、歩行者で、事故現場付近に住んでいる人という可能性が考えられる。小仏は思い付いたことをメモした。

轢き逃げに遭った夜の、桃子の訪問先はどこなのか。桃子とはどういう間柄かを知る必要もありそうだ。

小仏はイソを伴って、長野で列車を降りた。イソと一緒に行くのは二度目だ。列車を降りた大半の人が北を向いて善光寺方面へ歩いていく。ここは駅からが善光寺への参道である。善光寺へのバスも出ている。

「えっ、きょうは歩いて行くの」

「門島桃子が轢き逃げに遭った現場を見るんだ」

彼女が轢き逃げに遭ったのは比較的自宅に近いところらしい。彼女は通い慣れた道だから信号のないところを渡ろうとしたのだろう。

長野電鉄長野線をまたいで百メートルのところで「四月二十七日の夜、轢き逃げ事故が発生したところです」と書かれた看板を見つけた。小仏は、その看板と道路を見つめていたが、被害者の門島桃子に会うことにした。

門島家をカメラに収めてから、インターホンのボタンを押した。すぐに応答があって、細面の女性が玄関を出てきた。その人は淡路の母の靖子だった。

小仏は、

「桃子さんが遭った夜の交通事故に関して、桃子さんに話をききたい」

といった。

靖子は、小仏と彼の後ろに立っているイソの風采（ふうさい）を吟味するような目をしてから、

「義母（はは）はおりますので、どうぞ」

といって、玄関へ招いた。

小仏は先日、この家の娘の淡路を東京から尾行して、行動を調べたが、そのことはいわないことにした。

靖子は、小仏とイソを洋間へ通した。その部屋の壁には、帆船が白い波を蹴っている油絵が飾られていた。

十分ほど経つと、浴衣（ゆかた）に紺の帯を締めた桃子が、「いらっしゃい」といって入ってきた。七十代半ばだが、ずっと若く見える。

「とんだ目にお遭いになったそうですが、お加

減はいかがですか」

　小仏がいった。

「左足が少し痛むことがありますけど、家の中にいるかぎりは、不自由なことはありません」

「轢き逃げということでしたが、加害者は分かりましたか」

「ほんとうかどうかは分かりませんけど、轢き逃げの犯人は田代という姓の兄弟で、兄は松本市内に住んでいて、弟は東京に住んでいるという電話をくれた人がいます。電話をくれた人は、なぜ轢き逃げをした兄弟を知ったのかを話してくれません。轢き逃げをして黙っているのは許せませんけど、わたしとは無関係の人が、轢いた人を知っている……。なんだか気味が悪くて」

　と彼女はいって、両手で頬をはさんだ。

「あなたに怪我を負わせた田代という兄弟に、なんらかの連絡をしましたか」

「田代という人の住所が確かかどうかの確認だけはしました。確認はしましたけど、それ以上のことはしていません。毎日、忌々(いまいま)しいと思いつづけているだけです」

　彼女は下唇を嚙んだ。

「じつは二日前に、東京の中野区に住んでいる田代唯民という人の家が火事になりました。だれもいない時間の出火ですので、放火にちがいないでしょう」

「田代唯民というのは、車でわたしに怪我をさせた人ではありませんか」

　そうです、というように小仏は顎(あご)を引いた。

「あっ、もしかしたら小仏さんは、わたしか、うちの者が田代という人の家へ火をつけたとでも……」

「いいえ」

　小仏は、そんな想像はしていないと、顔の前で手を振った。だが、轢き逃げの加害者を知っているのだから、なんらかのかたちの制裁を考えたことがあったのでは、ときいた。

「わたしに怪我をさせた人が分かったと、警察に知らせることを考えましたけど、仕返しをされそうな気がしますので……」

　躊躇（ちゅうちょ）しているのだという。

　それは桃子の怪我がそれほど重くなかったからだろう。もしも重傷か死亡事故であったら、門島家の人たちは黙っていなかったろうと思われる。

　小仏は桃子の表情をあらためて見てから、邪魔をしたといって腰を上げた。

第二章　困りごと相談所

1

小仏はイソを伴って中野区新井の田代唯民が住んでいた家をあらためて見に行った。住んでいた家は焼け跡になった。放火され、無惨にもまる焼けになった家である。そこには消防署員と警察官がいた。何者かがどこへ火をつけたのかを検(しら)べているようだ。消防署員と警察官のあいだに、中背で浅黒い顔の男がいた。それは田代唯民だ。彼は両署員から、なぜ放火されたのかなどをきかれているにちがいない。

田代は、長野市内で轢き逃げをしたことはだれにも話さないだろう。横断歩道でないところを渡ろうとしたのだから、歩行者にも非はあるだろう。が、田代は歩行者と接触したことを知り、いったん車をとめて下車している。怪我をしたにちがいないが、それは軽いと判断したのか、車に乗りなおして走り去ったようだ。

車に接触した人の怪我が軽かろうと、彼の行為は轢き逃げである。

小仏は、焼け跡を見ている田代唯民の顔と姿を目に焼き付けた。

次の日、小仏は田代唯民の勤務先の中古車販

売会社へ、彼に会いに行った。グレーの地にブルーの縦縞の制服を着た女性社員から、

「田代は退職しました」

といわれた。

「なぜ急に」

小仏は首をかしげた。彼の表情を読んだらしい女性社員は、上司を呼ぶといってドアの奥へ消えた。五、六分経つと五十がらみの太った男が出てきた。その男の名刺には営業二部、前畑となっていた。

「探偵社の方にお会いするのは初めてです」

と、前畑は微笑した。

「田代唯民さんは、退職したそうですが、どんな事情があったのでしょうか」

「勤めていると、なにかよくないことが起こりそうなので、話し合って、辞めてもらうことにしたんです」

前畑は微笑を消した。

「四、五日前のことですが、田代の自宅は火事になりました。だれもいない時間帯でした。放火されたんです」

「放火……」

小仏は、敢えて知らなかった、といった。

「四月の終りごろからでしたが、田代にとっては不名誉な電話が、会社へ掛かってくるようになりました」

「不名誉とおっしゃいますと」

「長野市内で夜間に轢き逃げをしたというのです。被害者の住所を田代は知っているはずなのに、轢き逃げについての謝罪をしていない、と

か、被害者は七十代の女性で入院して手当てを受けたはずとかと、被害者の名前も電話でいいました。……それでそれは事実かを田代にききました。すると彼は、横あいから出てきた人と接触したが怪我はかすり傷程度。謝罪もしたし、その件は和解しているといいました。電話は男性からで、夜の事故について三回電話をよこしました。それから、轢き逃げをしながら頬被りしているような者を社員として使っているのか、といわれたこともありました。電話の人は、田代に対して悪意を持っているようです」

前畑は、男から電話があるたびに、あなたと田代とはどういう間柄かをきいた。すると男は、田代がかかわった交通事故現場の近くにいて、事故を目撃した者だとしかいわなかった。

前畑は、名乗らない男から電話がくるたびに田代を呼んで、電話の内容を伝えた。電話をよこす男を知っているのではないかと何度もきいた。だが田代は、どこのだれなのか分からないと答えた。

前畑は田代を疑うようになり、知り合いの警察官に、電話をよこす男が口にした夜の轢き逃げ事件は事実かを調べてもらった。次の日に回答があって、それは四月二十七日の午後八時ごろ、長野市三輪で発生した事件のことだろうといわれた。その事件の被害者は門島桃子といって七十六歳。当人は横断歩道でないところを渡っていて乗用車と接触して倒れた。加害車両を運転していた男性はいったん車外に出たが、被害者に近寄らず、その場を立ち去った。その男が田代唯民なのか——その後、目撃者が現れて、救急車を呼んだ。

　名乗らない男からの電話の内容をそのつど田代に伝えるうち、

「私が勤めていると、会社に迷惑なことが起こりそうですから」

　田代唯民はそういって、辞表を出したのだという。


　田代唯民には二つちがいの修治という兄が松本市里山辺にいる。自宅は古い木造二階屋。家族は、娘二人。妻光子の姿は半年ぐらい前から見えなくなった。それで近所の人たちは、離婚したのではないかといっている。

　長女波江は、二十歳だが学生でもないし、勤めてもいない。母がいなくなったので家事をしているらしい。近所の人の話だと波江はたいそう器量よしのようだ。近所の人は波江のことを、母親似だといっている。光子はいなくなったが、小仏はその原因を知っている人をさがしている。が、消息を知る人には出会えていない。波江は、近くのスーパーマーケットで買い物をしない。近所の人たちに見られたり話し掛けられたりするのが嫌だからだろう。彼女は自転車に乗って遠方で買い物をしてくるらしい。

　三人が住んでいる家は先代からのもので田代家の持ち家である。戸主の田代修治は松本市開智の城北ホテルの社員だ。

　小仏は城北ホテルで、人事を担当している土井という課長に会って、田代修治の勤務ぶりと人柄をきいた。

「田代は、営業を担当しています。ホテルでの催し事の打ち合わせ、そして団体客誘致の営業です。東京などへ出張することもしばしばです」

土井は田代の勤務ぶりをほめてから、急に眉間(みけん)を寄せ、暗い表情をした。

「田代さんのことで、なにか気になることでも」

小仏は水を向けた。

「東京の探偵社の小仏さんが、わざわざこの松本までおいでになって、田代修治の勤務ぶりなどをおききになった。どなたからか調査依頼があったのでしょうね」

土井は伏せていた目を起こしてきいた。

「田代さんは最近、だれかから脅迫行為を受けているのではと思います」

「やはり、田代に関して、なにかよくないことでもあって、それをさぐろうとしておいでになったのですね」

「はい」

小仏はポケットノートを開いた。田代修治という人物を深く知ろうとして訪ねたことを、正直に話すことにし、夜の交通事故に触れた。

「夜の交通事故……」

土井は、目を丸くした。

「車を運転していた弟は、いったん車の外へ出たが、怪我をした歩行者のところへは駆けつけなかったし、兄の修治さんは車を降りようともしなかった……」

と小仏は話した。

土井は、あきれたといい、どうして歩行者のところへ駆けつけなかったのか、とつぶやいて首をかしげた。

「事故の現場から逃げようと考えていたんじゃないかと思います」

「そのようですね。卑怯（ひきょう）ですね」

土井はそういってメモを取った。

「四月二十七日以降ですが、修治さんのことを批判するような電話か、あるいは手紙のようなものは」

「田代修治の勤務を確認するような電話があったことを、受付係からききました。そのときは、なぜ勤務を確認するのかと思いました。その電話をした人は、怪我をした人の関係者でしょうね」

「たぶんそうでしょう」

小仏はうなずいて、ノートをポケットにしまって椅子を立った。立ち上がってから思い付き、

「田代修治さんの勤務を確認するような電話がきたことを、本人に伝えましたか」

ときいた。

「本人にききました。すると田代は、なぜだろうとか、だれだろうといっていたような憶（おぼ）えがあります」

松本のホテルで、田代修治についての聞き込みをして帰った翌日、城北ホテルの土井課長が小仏に電話をよこした。

「けさのことですが、田代修治は出勤すると、

すぐに私のところへきて、辞表を出しました」

「辞表を……。理由をおききになりましたか」

「ききました」

「田代さんは、なんて答えましたか」

「私が勤めていると、ホテルに迷惑がかかるかもしれないので、といいました。それはどういうことかとききましたが、首を横に振っただけでした。事情をきいて引き留めようとしましたが田代の決意は固いようでした。それでしかたなく辞表を受け取って、上司に報告しました。上司は、ホテルに迷惑がかかるかもといったのなら、それは重大なことを指しているのではないか、といいました。田代は仕事の引き継ぎもせず、ほかの社員には一言も告げずに去っていきました」

「田代さんの身辺には、すでに深刻な出来事が起きていたのでは……」

「そうでしょうか。仕事のできる男と私は見ていましたが」

　土井は小さい声になって電話を切った。

　ホテルに迷惑がかかるとしたら、それはどういうことだろうと、小仏はイソにきいてみた。

「部屋がきれいでないとか、食事が旨くないとか。あるいは、城北ホテルは火災に対しての備えが甘いとか、そういうデマをばら蒔(ま)かれる」

「そうだな。デマだと分かっても、利用を控える人はいるだろうな」

　田代兄弟は同じようなことを上司に告げて勤務先を退いた。勤務先を辞める原因になったのは、夜の交通事故だろう。田代兄弟は事故を起こしたことを黙ってはいるが、きょうにも「轢き逃げをした」という飛礫（つぶて）がとんできそうだという危機感を抱えていた。夜の事故が勤務先に知られる前にと、退職を決意したのだろう。

勤務先を辞めた二人は、これからなにをするのか。高飛びでもして、従業員を募集している会社へ応募するつもりなのか。

「二人で、事業でもおこすつもりなんじゃないかな」

イソは思い付きを口にしたのだろうが、その思い付きはあたっていた。

2

田代修治が松本市内の城北ホテルを辞め、弟の田代唯民が東京の中古車販売会社を辞めて、約一か月が経った。二人がそれぞれの勤め先をなぜ辞めたのかは分からなかったが、城北ホテルの土井課長が小仏に電話をくれた。

「昨日ですが、食品の取引先の人から興味のある話をききました」

と、前置きをした。

「興味のある話。……なんでしょう」

小仏は受話器をにぎり直した。

「当社を辞めた田代修治が、松本市の中心部で、事業を始めました」

かつて勤めていた者が、自営業を始めた。それは特別、珍しいことではないと思うが、わざわざ電話をよこした。田代修治が始めた事業はなんなのか。

「困りごと相談所ということです」

「困りごと……。だれでもひとつやふたつは困りごとや、人には打ち明けられない厄介な出来ごとや、恥ずかしいことを抱えているものではないでしょうか」

「そうですね。田代が始めたのは相談所ですから、困りごとや悩みごとをきいてやるといった事業では」

「田代修治さんは何歳ですか」

「私と同じ四十五歳です」

「酸いも甘いも知り尽くすというのには、まだ少し若いような気がします」

「そうですね。私などは家内からよく、世間知らずといわれています」

「四十五歳の田代修治さんが、人の困りごとをきいてあげたり、困りごとを解決してあげる仕事を始めた。その商売をつづけていける自信があるのでしょうね」

「田代は、私とは比べものにならないくらい、物事をよく知っている男だと見ていました。いろいろなことを考えたうえで、困りごとを解決する仕事を始めたのだと思います。成功するといいですが」

　土井はそういって電話を切ったが、次の日も電話をよこした。困りごと相談所は弟の田代唯民との共同経営らしいという。それから社名は快決社（かいけつしゃ）だといった。

　小仏は、こめかみに指をあてて首をひねった。田代兄弟は車で門島桃子に怪我をさせた。兄弟は被害者の前に手を突いて謝罪をしただろうか。

横断歩道でないところを渡ろうとした桃子にも過失はあるが、彼女は怪我をしたのだから、見舞いをするのが当然である。それを怠って、人の困りごとの相談を受ける。困りごとをきくだけではなく、話をきいたうえで、解決するための行動を起こすという事業だろう。

小仏はイソのほうを向いた。

「おまえには、困りごとはないだろうな」

「出し抜けに……。困りごとがなくはない」

「どんなことだ。いってみろ」

「小仏太郎という男の横暴」

「横暴じゃない。おまえが仕事を嫌がってるだけだ。……エミコにはなにか困りごとがあるか」

「アパートの隣の男性が、夜遅くにギターを弾くんです。習いはじめらしく、曲になっていない」

「うるさいって、怒鳴ればいいじゃないか」

イソがいった。

「お隣へ行って、深夜にギターを弾かないでっていいました。そうしたらその人、ギターの音がきこえるんですかっていいました」

「無神経な野郎だね」

「それから、あなたは、ギターが嫌いなんでしょともいわれました」

「好き嫌いの問題じゃない」

「この人にはなにをいっても、分かってもらえないって思ったので、ギターを弾くなら中川の土手で弾きなさいって、いってやりました」

「それからは……」

「わたしが苦情をいって十日ぐらい経つけど、ギターの音はきこえません。中川の土手で弾いているのかも」

「困りごとや揉めごとを抱えて、悩んでいる人は世の中に大勢いると思う。田代兄弟はそれを知って、商売になると踏んだのだろう。どんな相談が持ち込まれるのか、相談の費用はいくらぐらいなのかを知りたいな」

小仏がいうとイソは、快決社へ相談に行った人をつかまえて、どんなことを相談し、その料金の額をきいてみたいといった。仕事の嫌いなイソにしては珍しいことである。

「あした松本へ行って、それをやってこい」

「所長は行かないの」

「依頼を受けた仕事じゃない。勉強のために独りで行ってこい。快決社へはどんなことを相談したのか。その料金はどのくらいなのかをきいてこい。話してくれない人もいると思う。ためになる話がきけるまで、ねばってみろ」

「うまくいくかな」

イソは自信がなさそうだった。あすの朝出発するとはいったが、彼は独りでは気乗りしないらしく仏頂面をした。

イソは、松本に二日間いてもどってきた。

「快決社へ相談に行った人に会うことができたか」

小仏は、出勤時間を十分過ぎて出てきたイソにきいた。

「困りごとを抱えてはいるが、それを相談にくる人なんてめったにいないだろうと思ってたけど……」

予想外だったとイソはいった。

「おれが最初に会った人は、四十代の上杉（うえすぎ）という姓の主婦だった。その主婦には男の子が二人いて、夫の母親も同居で、五人暮らしだったが、二か月ぐらい前から夫は深夜に帰宅することがたびたびあるようになった。妻はその理由を夫にきいた。夫は仕事だというだけで、夫婦のあいだに会話もなくなった。それで妻はある日、勤務を終えて会社を出てくる夫を張り込んでいた。夫は定刻の午後六時の十五分後に会社を出てきた。自転車で通勤しているので妻も自転車で夫の後を追った。夫は二十分ぐらい走って、浅間温泉の小ぢんまりとした一軒家に入った。

妻は、その一軒家にはどういう人が住んでいるのかを近所の人にきいた。すると三十代半ば見当の女性が、一年ほど前から独り暮らしをしていることが分かった。その女性もどこかに勤めているらしく、毎朝住まいを出ていき、夕方帰宅している。妻は女性の氏名と住所をメモした。夫は週に一度はその女性と数時間を過ごしているのを知った」

妻は夫に好きな女性がいることを摑（つか）んだが、それをいい出せず、毎日、冷たい目で夫を見ているだけだった。

妻は快決社の存在を知ったので、相談に行った。顔立ちのいい中背の男性が応接して、

「奥さんはどうして欲しいのですか」ときいた。

それで妻は、

「好きな女性がいるのに夫は嘘（うそ）をついて暮らしている。夫と毎夜、同じ部屋で寝ていることに耐えられません。女と別れて欲しいというのが普通の妻でしょうけど、わたしは、夫と女を焼き殺すか、海の底へ沈めてやりたいくらいです。もうわたしに夫はいりません。夫と女は、わたしの目の届くところにいて欲しくない。どうにかなりませんか」

と、相談した。すると相談にのった田代修治という所長は、「ご主人がいなくなったら、生活（くらし）に支障が生じるのではありませんか」ときいた。

「わたしが働くので、大丈夫です」

田代はうなずいて、「二週間ばかりのうちになんとかしましょう」

と、請け負ってくれた、と四十代の主婦は語ったという。

「その上杉という主婦は手付金を払っただろうな」

小仏がきいた。

「二十万円払ったそうです」

「田代は、二週間ばかりのうちになんとかしようといったらしいが、どうするつもりなのか」

小仏は首をかしげた。

「田代は、主婦の話をきいて、なにか策を考えたんだろうね」

「主婦の夫と女をなんとかしたら、成功報酬を支払うということだろうな」

小仏がいった。

「成功報酬は、いくらくらいかな」

「少なくとも、二百万円ぐらいは請求するだろうな」

快決社にいたのは田代修治だけかと小仏はきいた。

「修治より少し若い男が出入りしていた。その男は田代唯民にちがいない。社内には女性が一人いて、パソコン画面をにらんでいた」

「おまえが会ったのは、夫が浮気をしている人妻だけか」

「もう一人に会って、話をきいたよ。その女性は本郷未映子という名で、背の高い人だった。未映子は長野県では五指に入る曙建設の事務社員だが、四歳の男の子を抱えて困っていた。男の子は曙建設の社員で新田一郎が連れていた健太郎。その子は二歳のとき、母に死なれた。未映子になついていて、彼女のことを、『おねえちゃん』と呼んでいる。新田は健太郎を未映子にあずけて建設現場の仕事に通っていたが、一か月ほど前に行方不明になった。当然だが警察へ捜索願を出した。だが新田の行方に関する情報はまったく入ってこないらしい」

イソは、ノートのメモを見ながらいった。

「困りごと相談所か。探偵社よりも仕事があって、儲かるかもしれないな」

小仏は窓を向いた。

「困りごとを相談にくる人はいるだろうけど、依頼人の希望どおりに問題が解決するとは思えない。たとえば、どこへ消えたか分からない人の行方をさがす。さがしあてることができれば成功報酬をもらえるけど、分からないままだと、ただ働きになっちゃうよ」

イソは頬を掻(か)きながらいった。

3

イソが松本へ行って、開設して間のない困りごと相談所の快決社へ相談に行った二人の女性から、なにを相談したかをきいてきて二週間が経った。

小仏は白い雲が西へ流れている空を見上げてから事務所に入った。来客があった。女性で四十二、三歳に見える中背の人。藤の花のような色のワンピースを着ていた。エミコが猫のアサオの頭を撫でながら客の相手をしていたらしい。

「遠方からのお客さまです」

エミコが立ち上がって、いった。

小仏が名刺を渡すと女性客は、

「上杉留衣(うえすぎるい)と申します。松本市の大村(おおむら)というところに住んでおります。朝早くからお邪魔して申し訳ありません」

といって頭を下げた。

客は調査依頼だろうから、歓迎である。

「先日、こちらにお勤めの神磯さまに松本でお会いして、お名刺をいただきました」

「そうでしたか。イソ、いや神磯は、失礼なことをうかがったのではないでしょうか」

「神磯さまは、わたしが快決社というところから出てくるのを、お待ちになっていて、わたしがどういう用事で、困りごと相談所を訪ねたのかをおききになりました」

「そうですか。快決社というのは、最近開設したところで、どのような仕事をするのかを、知りたいと思っていたところです」

「神磯さまから小仏さまのお話もうかがいました。神磯さまはわたしに、快決社へなにを相談に行ったのかとおききになったので、恥ずかしいことでしたけど、夫の素行に関することを掻い摘まんでお話ししました」

「神磯から報告を受けています」

上杉留衣の夫、年嗣には愛人ができた。愛人は浅間温泉に住んでいて、週に一度ぐらいのわりで留衣の夫を迎えている。妻の留衣はそれが悔しくてならないので、どうにかならないものかと快決社に相談に行った。快決社の田代という所長は、早速なんらかの手を打つようなことをいったが、夫の日常にはなんの変化もみられない。相談料の名目で二十万円払ったが、なにもしていないのではないかという疑問が湧いた。それで所長に電話を掛け、夫に会って、浅間温泉の女性とは手を切れという話をしたのか、それとも女性に転居をすすめ、新しい住所を夫には教えないことにするとかの処置をしているのかときいた。

「田代という所長は、どういうことをすれば効果があるかを考えている、と答えるだけです。もしかしたら、女性には一度も会っていないし、夫が女性と手を切る工作など、していないのではないかと疑うようになりました。それで神磯さまを思い出した次第です」

彼女がそういったところへ、イソが出勤した。

彼は上杉留衣を見て、眠気がすっ飛んだような目をした。彼女は立ち上がって微笑した。イソは、彼女がなぜここにいるのかがすぐには呑み込めないようだった。

小仏が、留衣の用件を掻い摘まんでイソに話した。松本の快決社が、依頼人の用件を満たすための行動を果たしているか疑わしいということだ。

「手付金を取っているのに、なにもしていない。詐欺行為じゃないか」

イソは両手をにぎり締め、快決社の田代兄弟の行動を調べる必要があるといった。

「調べてください。田代修治さんには初めて会ったのですが、人当たりがよくて、わたしの話を真剣にきいてくださっているようでしたので、信用して、夫のしていることを話しました。すぐに動いてくださるものと思いましたので、手付金も払いました」

留衣は少し早口になって悔しげないいかたをしてから、

「こちらへは、いかほどお支払いすればよいのでしょうか」

ときいた。

「いいえ、料金は頂きません。快決社の内情を自主的に探るのですから」

小仏がいうと、留衣は手を合わせて、頭を下げた。パソコンの画面をにらんでいるエミコにも頭を下げて出ていった。

田代兄弟は快決社を開いて何人かの依頼人を迎えたが、依頼を受けた内容、つまり依頼人の要望はかなりむずかしい問題であることに気付いたのではないか。男女問題のあいだへ割って入り、「別れろ」とか、「二度と会うな」などといっても、「そうですか。では」といって手を切る人はいないだろうと想像したにちがいない。

　田代兄弟には、他人が抱えた困りごとを解決した経験などないのだろう。二人は効果のある解決策を考えつかないうちに何日かが経ち、依頼人の上杉留衣から、「夫か、相手の女性に会ったか」と催促を受けた。だが、依頼人を満足させられるような返事はできなかった。

　小仏は腕を組んでしばらく考えていたが、快決社を訪ねて、田代兄弟に会うことにした。

「イソよ。旅に出るので、支度をしろ」

「なんだか、大袈裟（おおげさ）ないいかただけど、どこへ」

「松本だ。快決社へ行って、田代兄弟に会う」

「面白い。田代兄弟がどんな顔をして、どんなことをいうか」

　イソはロッカーから少しくたびれた旅行鞄を引き出した。

「おれはけさ、メシを食っていない。どこかで腹ごしらえを」

「けさは、コンビニの弁当ですませろ」

　エミコが椅子を立って外へ出ていった。

　彼女は十分もしないうちに、おにぎりを買ってもどり、湯気の立ち昇る湯呑みをイソの前に置いた。

　小仏とイソは、新宿を十二時に出る特急に乗った。松本へは二時間三十五分で着く。けさのイソは、自宅で朝食を摂らなかったといって、事務所でコンビニのおにぎりを二つ食べたが、新宿駅のホームで買った弁当に、小仏より先に箸をつけた。

「大食いで、酒を水のように飲むやつで、仕事がよくできる野郎に出会ったことがない」

　イソの耳には小仏のいったことが入らなかったのか、列車が動き出す前に焼き魚を食いちぎった。弁当を小仏より先に食べ終えると、八王子に着く前に目を瞑った。

　列車は定刻にぴたりと着いた。小仏とイソは、松本城方面口でタクシーに乗り、女鳥羽川沿いの寺の前で降りた。そこは市の中心部で、建物のあいだから松本城の一角が見えた。「困りごと相談所　快決社」は灰色の古いビルの一階だった。

　小仏は、ドアを開けて一歩入ったところで、「ご免ください」と奥へ声を掛けた。

　三十歳見当の中背の女性が出てきて腰を折ってから、小仏とイソを見比べるような目をした。彼女の目に二人は、困りごとの相談にきた客には見えなかったようだ。

「所長の田代さんにお会いしたい」

　小仏がいった。女性は背も高いし顔も大きい小仏に威圧を感じたらしく、走るように去っていった。

　女性が奥へ引っ込むと四十代半ばの男が出てきた。身長は一七〇センチぐらいで、やさしげな顔立ちだ。その男が所長の田代修治で、小仏と田代は名刺を交換した。
「探偵事務所」
田代はつぶやいたが、「こちらへ」といって
ソファのある部屋へ案内した。サイドテーブル
には薄緑色の花瓶に紅いバラが挿してある。
「こちらは、最近開設されたそうですね」
小仏がいった。
田代は、「はい」と小さい声でいってから、
小仏とイソを見比べるような目をして、
「ご用件はなんでしょう」
ときいた。
「単刀直入に申し上げます。松本市内のある主
婦が私を訪ねてきて、快決社へ夫の不貞行為を
やめさせる相談をした。夫のいわゆる浮気です。
ところが何日経っても夫に変化はあらわれない。
そこでこちらへ問い合わせをしたら、どうした
ものかを迷っているふうだった。はたして頼ん
だ仕事をしてくれるものかと不安になったとい
いました」
「その方は市内大村の上杉さんでしょう。上杉
さんの夫に会って、女性とは手を切るようにと
いっても、すぐに女性と別れるものではないと
思います。私たちが出ていったことが逆効果に
なることも考えなくてはなりません」
「逆効果……」
「夫と女性は別れることができなくなって、二
人とも行方不明になるということも」
「たしかにそういうこともあるでしょうが、仕
事を引き受けたのに、夫に一度も会っていない
というのは、不誠実では」

「依頼人の奥さんは、私たちを不誠実とみているのでしょうが、二、三日のうちに……」

「二、三日のうちに、夫と会うということですか」

「なにをどうするかは、申し上げられません。私たちは検討を重ねて、効果のある方法を……」

田代は「効果のある方法」といったが、それを詳しくは語らなかった。

「もう一件」

小仏は上着のポケットからノートを取り出した。

田代は不機嫌を顔にあらわした。

「曙建設社員の新田一郎さんが、四歳の健太郎君を、同じ会社の女性にあずけて、行方不明になった。こちらはその行方さがしを依頼されたが、なにもしていないらしい」

「行方不明になる直前の、新田一郎氏のようすをさぐるつもりです。当社へ相談においでになったのは本郷未映子さんですが、彼女が小仏さんに、新田氏の行方さがしを頼んだのですか」

「頼まれたのではありません。本郷さんが事実を話したんです。こちらが、新田氏の行方さがしに着手しているようではないので」

「その件についても、どこから手をつけるかを検討中です」

「田代さんには、人さがしなどをした経験がありますか」

小仏がきくと、田代は曖昧(あいまい)な首の振りかたをした。

「田代さんは、依頼人から受け取ったお金を返して、事務所をたたんだほうがいい。このままだと依頼人は、しかるべきところへ訴えますよ」

「なんという失礼なことを、ずけずけと……」

田代がいい終らぬうちに、小仏とイソは立ち上がった。

「ド素人だ。よくも他人の困りごとを引き受けるなんていったものだ」

外へ出ると小仏は唾を飛ばした。

彼はノートを開いて、上杉留衣に電話した。呼び出し音が五つ鳴って留衣が応じ、「小仏さん」と、救いを求めるように名を呼んだ。いま電話で話せるかときくと、

「はい。大丈夫です」

と答えた。

「私はいま松本にいます。快決社の田代という男に会ってきましたが、彼には、あなたを満足させるような仕事はできそうもない。私でよかったら、これからご主人に会いますが、どうでしょうか」

「会ってください。わたしは最悪の状態を想像して覚悟ができています」

最悪の状態とは、離婚のことだろう。

小仏は、またあとで電話するといった。

留衣は小仏の電話をきいて落ち着きがなくなり、うろうろと歩きまわっていそうな気がする。

彼女の夫の上杉年嗣は、松本市内の医療機器販売会社アイエル機器の社員で四十六歳。年嗣の趣味は旅行と登山。旅をしても山に登っても

写真を撮ってきて、自分が傑作と思う写真を、市役所や公民館へ寄贈している。市役所や公民館はその写真を、来館者が利用する通路の壁に並べている。

小仏は単独で、市内県のアイエル機器を訪ねた。五階建てビルの一階と二階がその会社だ。女性社員はクリーム色のシャツを着て、胸に名札を着けている。

小仏が、「ご免ください」といって一階の事務室へ入ると、小柄な若い女性が椅子を立ってきた。

「上杉年嗣さんにお会いしたい」

と小仏がいうと、女性は曇った表情をした。その表情の意味はすぐに分かった。上杉は三日前に退職していた。

「辞めた」

小仏はつぶやいたがすぐに、

「その上杉さんについて、うかがいたいことがあるので、上杉さんをよくご存じの方にお会いしたい」

といった。女性はうなずくと壁際の席の男性に小仏のいったことを取り次いだ。

小仏は簡素な応接室へ通された。五分もすると、常務の肩書の付いた名刺を持った五十歳見当の肥えた男がやってきた。常務は小仏の名刺を珍しそうに見て、

「探偵事務所の方にお会いするのは、初めてです」

といった。

小仏はすぐに本題へ話を誘った。上杉年嗣が

なぜ退職したのかをきいたのである。

「遠方へ引っ越すことになったというのが、退職理由でした」

「遠方とは、どこのことですか」

「北海道だといいました。北海道は広いのでどこなのかをきくと、札幌だと答えました。どうして札幌へ引っ越すのかときくと、家内の希望だといいましたけど、なんとなく思い付きを答えているようでした。……営業を担当していて真面目な男とみていましたが、退職理由をはっきりとはいえない事情がありそうでした。私はそれ以上、突っ込んできくのをやめました」

上杉は退職を告げてから一か月近く勤めて、三日前に退めたという。

常務はあらためて小仏の名刺を見てから、

「探偵社というのは、人から依頼を受けて活動なさるお仕事ですね」

ときいた。小仏はそうだと答えた。

「どういう人が調査を依頼するのですか」

常務は低い声できいた。

「たとえば奥さんです」

「えっ。奥さんが夫のことを……」

「夫の素行を疑っている妻は、全国に数えきれないほどいます」

「そういえば、いそうな気がしますね。帰宅が深夜だったりすると、会社を退けたあと、どこでどうしているのかと……。奥さんからの調査依頼はよくあるものですか」

「たまにあります」

小仏は、上杉に愛人がいるのはいわないことにした。

　会社を出ると、イソは電柱に寄りかかっていた。

　小仏はくたびれた雑巾のような恰好のイソを横目に入れながら、上杉留衣に電話した。

「上杉年嗣さんは、会社を辞めました」

「えっ、辞めた。それはいつですか」

「一か月ほど前に上司にも同僚にも退職することを伝えて、三日前から出社していません」

「三日前。上杉は会社を辞めることなどわたしには一言もいいません。きのうも、おとといも。きょうも、いつものように、朝、家を出ていきました」

　上杉という男は妻へ不安と不満を与えていたが、小仏の話はそれをいっそう募らせたようだ。

4

　上杉留衣は、夫の年嗣の愛人の住所も名も知っていた。愛人の名は今口美鈴で、住所は浅間温泉。留衣は二か月ほど前のある日、夫の退勤の後を尾け、行った先の住所とそこに住んでいる人の氏名を摑んでいた。しかし今口美鈴という女性を見たわけではないので、容姿と年齢を近所の人にきいた。

　小仏とイソは松本市大村の上杉家を訪ねて留衣に会った。彼女は小仏の話で、年嗣が退職することを告げ、三日前から出勤していないことを知った。

　だが自宅での年嗣は、けさもいつもどおりの時間に起床し、家の前で縄跳びをし、柔軟体操をしてから朝食を摂って、午前八時三十分ごろに家を出ていった。これはいつもどおりだったので、留衣は台所から、「いってらっしゃい」と小さい声でいったが、年嗣の姿を見ようとはしなかった。

彼はいつもどおりに、会社へ向かったものと思っていた。小仏の話をきくと留衣は胸で手を合わせ、「どこへ行ったのかしら」といって首をかしげた。

「浅間温泉の今口美鈴さんは、どこかに勤めていますか」

小仏が留衣にきいた。

留衣は、知らないと、首をかしげたまま答えた。年嗣は美鈴の家へ行ったことが考えられるので、小仏はそこを見に行くことにして車にもどった。イソは、ハンドルに手をかけるとあくびをした。

浅間温泉の今口美鈴の住まいまでは七、八分だった。平屋の小さな家であるが、独り暮らしには充分だろうと思われた。

小仏は玄関のガラス戸に向かって声を掛けた。返事がないので、ガラス戸に手を触れた。施錠されていなかった。せまいたたきに踏み込んで、「今口さん」と呼んだ。

返事もないし、だれも出てこないし、物音もしなかった。今口美鈴は施錠せずに近くへ行きすぐにもどってくるのだろうと思われた。が、三十分ほど経ってももどってこない。不用心だし、なんとなく胸騒ぎを覚えたので隣家へ声を掛けた。貸家だろうと思ったので家主はどこかをきいた。

家主は「美玉湯」という温泉旅館だった。旅館を訪ねると髪の白い主人が出てきた。

「玄関の戸に鍵が掛かっていない」

主人は、小仏の話をきくと、彼の風采を確かめるような目をしてから、鍵の束を持って出てきた。

主人は外から、「今口さん」と二度呼んで玄関へ入った。たたきに立ってまた名を呼んだ。小仏を振り返ってから履物を脱いだ。

首をかしげて部屋へ上がってふすまを開けた。と、そのとたんに、「げえっ」というような声を上げると一、二歩退いた。

「人が、人が……」

主人は言葉にならない声を出して這うと、小仏に抱きつくような恰好をした。

小仏は靴を脱いだ。六畳ぐらいの広さの中央部に白いワイシャツを着て、紺のズボンをはいた男が大の字を描いていた。その男の腹部は真っ赤に染まっている。刃物で刺したか刺されたかであろう。

小仏は真上から、わずかに唇を割っている男を見下ろした。年齢は四十歳ぐらい。髪は豊かで髭は濃い。身長は一七〇センチぐらいで肉付きがよい。グレーの靴下をはいている。

「見たことのある人ですか」

小仏は美玉湯の主人にきいた。主人は小仏に背中を向けて、

「知らない人です」

と、震えながら答えた。

この家は、今口美鈴が借りて、独り暮らしをしていた。ここへは週に一度、上杉留衣の夫の年嗣がやってきて数時間を過ごしていた。

腹から血を流して部屋のド真ん中で仰向いている男は、上杉年嗣なのだろうか。

この家の住人である今口美鈴はいないが、どこかに勤めているのか。

小仏は一一〇番へ通報した。五分ほど経つとパトカーのサイレンがきこえた。小仏の通報のしかたで松本署は事件を感じ取ったらしく、パトカーを追いかけるように黒い車が二台やってきた。ただごとではないと知ったらしい近所の人たちが、道路から一軒の貸家に目を向けた。

この一軒家に住んでいるのは今口美鈴という名の三十代半ばの女性だ。その女性が松本市内沢村(さわむら)のレストランに勤めているのを、家主である美玉湯の主人は知っていた。黒い車でやってきた警察官は、近所の人たちに、彼女が勤めているレストラン名だけでなく、何時ごろ家を出て、何時ごろ帰宅しているかなどをきいた。

彼女は日曜、祭日に関係なく午前九時ごろに家を出て、午後四時ごろに帰宅した。平日は家にいて、窓辺に布団を干したりしていることもあった。レストランが休みの日にちがいない。

刑事は、コンパクトカメラのモニターを複数の近所の人に見せた。屋内で血を流して死亡していた男の顔だけを撮った画面だ。

彼女の家には週に一、二回訪れる四十代半ばの男性がいることが知られている。その男かと写真を見せてきいたが、別の人のようだという答えが返ってきた。

近所の人たちの話をまとめると、屋内で腹から血を流して死亡している男には見憶えがないようだ。だが、この家に住んでいる今口美鈴は、殺されていた男を屋内へ入れたのだろう。美鈴とどのような間柄かは不明だが、知り合いだったにちがいない。

松本署の捜査員は美玉湯の主人にきいて、美鈴が勤めている栄楽堂（えいらくどう）レストランへ彼女はいつもどおり出勤しているかをきいた。

「今口はきょうは休んでいます。連絡がなく無断欠勤です」

「きのうはどうでしたか」

「いつもどおり出勤していました」

「これまでに無断欠勤をすることがありましたか」

「なかったと思います」

「無断欠勤の彼女に連絡しましたか」

「いいえ」

捜査員は今口美鈴のスマホの番号をきいた。きいた番号へ掛けた。その番号は現在使われていないというコールが流れた。最近まで使っていた番号を消したことには、策略がふくまれていそうだった。

小仏は車にもどると腕を組んだ。今口美鈴は勤務先を無断欠勤している。だが自宅にはいない。自宅の座敷には男性が腹から血を流して仰向いて死亡している。男が死亡していることと彼女の無断欠勤は無関係ではないだろう。

寝台車が到着して、屋内で死亡していた男を運んでいった。行き先は大学の法医学部だろう。そこのベッドで、素っ裸にされ、刃物が刺さった深さ、刺した刃物の形状、死亡した時刻などが検べられる。

男が殺されたのはきのうか、きょうなのか。着衣のポケットから身元の分かる物が出てくるだろうか。この家に住んでいる今口美鈴とは、どのような間柄なのかが分かる物を身に着けていたか。

美鈴は電話番号を変えた。このことも死亡した男と無関係ではないような気がする。

「今口美鈴は、あの家にはもう住まないだろうね」

イソは車の窓越しに美鈴が住んでいた家を見ていった。

「彼女が引っ越しして空き家になっても、人が殺されていた家だと知ったら、借り手はつかないだろう」

「家主は、あの家を潰して、新しく家を建てるのかな」

「いままであの家に住んでいた今口美鈴は、もうもどってこないような気がする」

「そうだね。気味が悪いからじゃなくて、殺害に関係しているかもしれない。……彼女が男の腹へ出刃包丁でも」

イソは拳をにぎって、前へ突き出した。

翌日の朝刊には「松本で殺人」とタイトルを付けた記事が大きく載った。殺されていた男の身元は不明となっていた。

次の日の新聞には「松本で殺人」の続報が載った。被害者は長野市稲田の谷岡康宏と判明したとなっていた。

谷岡は長野市内の自動車整備工場勤務だが、四日前から無断欠勤。同僚や知人が心あたりに連絡したり、居住地周辺をさがしていたが、どこへ行ったかは分からずじまいだった。

谷岡は三年前から独り住まいをしていた。それまでは三十代後半の女性と同居していたが、その女性は彼に無断でいなくなった。その理由は不明だと谷岡は知人に話し、思いあたる場所をさがしていたが、女性の居どころをさがしあてることはできずにいた。

彼が行方をさがしていた女性の氏名は今口美鈴。

どのような経過からかは不明だが、谷岡は最近になって今口美鈴の現住所をさがしあてたらしい。そのことを彼は、食事をしながら同僚に話していた。

谷岡康宏は今口美鈴に殺されたのだろうか。その可能性が考えられるのは、美鈴がこの家にいないからだ。彼女は何日間かここへ帰っていないか、それともどこかへ転居したのだろう。

今口美鈴が住んでいた家で殺されていた谷岡康宏は以前、長野市内で今口美鈴と一緒に暮らしていた。原因は明らかでないが美鈴は彼のことが嫌いになったか、いい争いでもしたのか、彼に別れを告げずにいなくなり、松本市の浅間温泉の小さな家へ移って、独り暮らしをしていた。何か月か後に彼女は上杉年嗣と知り合って、深い関係になった。上杉は妻帯者なので、彼は隠れて彼女と会っていた。だが、上杉の妻である留衣は、夫に好きな女性ができたことに気付いていた。

小仏は、今口美鈴が住んでいた家で殺されていた谷岡康宏の死ぬまでを想像した。

——今口美鈴は谷岡康宏と一緒に暮らしていたが、彼に一言も告げずにいなくなった。その彼女の行方を、谷岡はさがしあてて、彼女に会った。彼女が暮らしている家へ上がり込んだとも考えられる。とそこへ上杉年嗣がやってきて、嫉妬（しっと）の炎を燃え上がらせた者同士の烈（はげ）しい争いが起こった。台所の出刃包丁をつかんだのは上杉だったかもしれない。包丁で谷岡の腹を刺したのも上杉だったとも考えられる。腹を刺された谷岡は倒れて苦しがっていただろう。美鈴と上杉は苦しんでいる谷岡を見ていたのだろうか。それとも手を取り合って外へ飛び出し、現場から遠ざかろうとしたのだろうか。

二人は着の身着のままで、方向も考えずただ歩きつづけているような気がする。二人はいまもどこかで抱き合って震えているのではないか——

七月下旬の午後、海から吹きつける強い風を受けながら、新潟県柏崎（かしわざき）市の国道を、東に向かって歩いている男女がいた。その二人は帽子を目深にかぶって、路面を見るような恰好だった。自転車で通りかかった若い警官が、歩いている男女に注目した。男女は、警官をちらりと見て顔を伏せたようだった。若い警官は電話で同僚を呼んだ。歩いていた男女のようすを不自然とみたからだ。

電話で呼ばれた警官はすぐに自転車でやってきて、三十代後半から四十代に見える男女を呼びとめ、どこから来て、どこへ行くのかをきいた。すると男が、「海を見ながら歩いているだけだ」と答えた。だが男の声は震えていた。警官は二人の氏名と住所を尋ねた。だが、男も女も答えなかった。二人の警官は男女を怪しい行動の者と判断し、どこから来たのかを再度きいた。女性のほうが、「東京からです」と喉(のど)になにかがつかえているような声で答えた。

警官はあらためて二人に氏名と住所をきいた。が、答えずに顎を震わせた。

警官は署に連絡した。挙動不審な男女と対面していることを伝えた。

パトカーと黒い車がやってきて、男女を車に押し込んだ。

柏崎署では男女を取調室へ入れ、刑事があらためて、男と女の氏名と住所をきいた。すぐには答えなかったが、陽(ひ)が沈んだころ、女性が、

「今口美鈴です」

と、小さい声で答えた。

「住所は」

刑事はテーブルの上で拳をにぎった。

「松本です」

「長野県の松本市か。松本市のどこ」

「浅間温泉です」

刑事は別室で男から氏名と住所をきいた。

「松本市大村の上杉年嗣です」

柏崎署は松本署に、男女の住所確認を依頼した。

その確認に応じた松本署員は、

「今口美鈴が住んでいた浅間温泉の一軒家では、重大事件が起きていました」

といった。

「重大事件とは」

「長野市稲田に住んでいた谷岡康宏が、浅間温泉の美鈴が住んでいた一軒家で刃物で腹を刺されて、殺されていました」

事件発生直後に、今口美鈴と上杉年嗣は、それぞれが住んでいた家からいなくなったという。

第三章　白い靴の女

1

　小仏は窓を開けて、夏の空に流れている白い雲の行方を目で追っていた。

「きょうも暑くなりそうだな」

　と、エミコに話し掛けたところへ、イソが出勤した。出勤は午前九時半としているがイソは必要以上に早く出てきたり、三十分も遅れてくる日もある。けさのイソの出勤は午前九時五十分だ。

　イソはいつになく大きい声で朝の挨拶をしたが、後ろには長身の女性がいた。その女性は、

「ご免ください」

　といって、イソの後ろで頭を下げた。

　イソは、亀有駅前で、見覚えのある彼女を見つけて声を掛けた。松本市女鳥羽の曙建設に勤めている本郷未映子だった。イソは松本市内で彼女に一度会っていた。開業したばかりの快決社を訪ね、困りごとの相談にのってもらった人だった。イソは彼女が快決社から出てくるのを待っていて、どんなことを相談してきたのかをきいたのだった。

　彼女の相談は人さがし。彼女が勤めている会社の同僚の新田一郎が、四歳の男の子を彼女に

あずけて行方不明になった。彼が住んでいた家の中をさがしたが、行方が分かる物は見あたらなかった。彼女は快決社に相談し、新田の行方をさがしてもらうことにしたのだった。

小仏は未映子をソファに招くと、

「快決社からはいい返事がありましたか」

ときいた。

「いいえ。なんの連絡もないので、きのう、わたしが電話をしました。新田一郎の行方について分かったことがあるのかをきいたのです。すると所長の田代さんが、新田さんの親戚や知人にあたっているが、どこへなにをしに行ったのかを知っている人はいなかった。住んでいた家の中をさがせば、なぜいなくなったのかが分かる物が見つかるかもしれないといわれました。……親戚や知り合いには、わたしがあたっていますし、住んでいた家の中も見ていますといいました。すると田代さんは、もう少し待ってみましょう。新田さんは子どもに会いたくなって、もどってくるでしょうといわれました。……それならわたしは、新田の行方さがしを頼んだりしなかったのです。……快決社の人は、新田の行方さがしには一切手をつけていないにちがいありません」

彼女は拳をにぎるとピンクのハンカチを取り出して鼻にあてた。彼女も快決社に手付金を払っている。その金はもどってこないのだから、悔しくてしょうがないのだろう。

「昨晩、健太郎と一緒にご飯を食べているうちに、神磯さんを思い出しました。急にお目にかかりたくなったものですから、健太郎を隣の家の奥さんにあずけて、朝一番の列車に乗って……」

「そうでしたか」

小仏はイソを横へすわらせた。

「本郷さんと一緒に松本へ行って、新田一郎さんの交友関係をあたれ。知り合いに片っ端からあたって、新田さんがなぜ勤めを放り出していなくなったのかをつかむ。何日かかってもいいからそれをやれ。……新田さんはだれかに会いに行ったんだ。だれかをさがしに行ったんだ。子どもと仕事を放り出してでも、そのだれかに会いたくなったんだ」

イソは、小仏の横顔をにらんだり未映子の顔に視線をあてたりしていた。

「どこへ行ったかが分かるかな」

「新田一郎さんが生きているかぎり分かる。早く支度をしろ。どこへ行っても、毎日、連絡だけは怠るな」

イソは背筋を伸ばして黙っていたが、口を固く閉じて立ち上がった。

未映子は、予想外の展開になったからか、

「お忙しいのに、よろしいのですか」

と、肩を縮めていった。

小仏は十万円を入れた茶封筒をイソに渡した。ホテルなどを利用した場合のためにイソにはカードを持たせている。

イソは、着替えのシャツと下着を入れた旅行鞄を提げて、だれにともなく、「じゃあ、行ってくる」といって、未映子と一緒に事務所を出ていった。

新宿発午前十一時台の特急に間に合いそうだ。未映子とイソは、甲府あたりで昼食の弁当を開くだろう。

イソは、独りで新田一郎の居どころをさがすことになったのが心細いのか、日が暮れてから二度、小仏のケータイに電話をよこし、「おれが独りでさがし歩いて、見つけられるかな」などといった。

小仏はイソに、毎日、一度は電話をするようにといいつけておいたのだが、イソは、人に会うたびに電話をよこし、「新田の行方は依然として不明。もしかしたら新田はもう、この世にはいないのかも」と細い声の電話をよこした。

イソが本郷未映子の後について松本市や長野市へ人さがしに行って五日目の夕方、長野市箱清水(はこしみず)の甲善(こうぜん)アパートに住んでいる花川舟絵(はなかわふなえ)という女性の部屋に、三十代前半見当のわりに体格のいい男が最近同居しているという情報をつかんだ。イソは曙建設から新田一郎の写真を手に入れているので、それを甲善アパートの入居者に見てもらった。すると、複数の人が、「似ている」と答えた。

「新田は、甲善アパートに住んでいる花川舟絵と恋仲なんだな」

報告の電話を受けた小仏がきいた。

「一緒に住んでいるから、そうだろうと思う」

「花川という女性は何歳ぐらいなのか」

「三十代半ばらしい」

「おまえは、花川という女性を一度も見ていないのか」

「彼女は、毎日出掛けるけど、アパートへ帰ってこない日があるようなの」

「花川という女性は、アパートへ帰ってこない日がある。それは、どういうことなんだ」

「それを、これから調べようと思ってるの」

電話はイソのほうから切れた。

イソは、変則的な日常をつづけているらしい花川舟絵を知った。四歳の健太郎を未映子にあずけたまま行方が分からなくなっていた新田一郎を、舟絵が借りている部屋に起居させていることを、イソはつかんだ。新田は、長野市内のビル建設現場で臨時作業員として働いていることが分かった。イソはビル建設現場へ行って新田に会い、健太郎をあずかった未映子があんたのことを心配している、子どもをあずけたのだから彼女に連絡をするのが普通じゃないか、といってやったという。新田は、近日中に未映子を訪ねると答えた。

イソからは夕方、その日三回目の電話があった。

「花川舟絵という女性は、会社員なのか」

小仏がきいた。

「主に食器類を扱っているわりに大きい店に勤めていることが分かった」

「甲善アパートの部屋には、新田一郎がいるのに、彼女はアパートへ帰らない日があるということだが、帰らない日は、どこでどうしているのかが、分かったか」

「彼女は店が終ってから松本へ行っているらし

い」

「松本のどこへ行って、なにをしているのかを知りたいな」

「きょうは、店が終ってからの花川舟絵の後を尾(つ)ける。松本のどこで、なにをするのか、どこに泊まるのかも調べる」

そういってイソは電話を切った。それからすぐに小仏に着信があった。健太郎をあずかっている未映子からだった。

新田一郎から電話があって、何日ものあいだ連絡を怠っていたことを謝り、長野市内でまだやることがあるので、健太郎をもうしばらくあずかってもらいたいといわれたという。彼女は健太郎の面倒をみていることを負担とはとらえていないので、「健ちゃんは、熱を出したこともないし、ご飯もおやつも食べるし、毎日元気ですよ」と伝えたという。

2

花川舟絵は、長野市南長野の陶精堂(とうせいどう)という食器類を扱う店に勤務している。その舟絵が午後四時に勤務を終えて店を出たので、イソは彼女の後を尾けた。

彼女は列車で松本へ行き、タクシーに乗って中心街で降りた。タクシーを降りると百メートルばかり歩いて、シャッターのおりているビルの前に立った。イソは彼女の視線がどこに向いているかを辿(たど)った。彼女の視線の先端は小さなビルの一階の快決社にあるにちがいなかった。

彼女が灰色のシャッターの前に立って三十分が過ぎた。午後六時四十分、快決社から中年の男が出てきて、ビルの前に立てていた看板を取り込んだ。ガラス窓に映っていた電灯が消された。三十代半ばに見える女性が出てきて、早足で南のほうへ去っていった。二、三分後に中年の男が黒っぽい鞄を脇にはさんで出てきた。快決社はきょうの業務を終らせたようだ。

男が南のほうへ五十メートルばかり歩いたところで、それを待っていたらしい舟絵が歩き出した。男が右折するとその跡をなぞるように彼女が追った。イソは、快決社を出た男の帰路を舟絵が追っていることを知った。

男は、格子戸の店へ入った。夕食だ。メシだけでなく一杯飲るにちがいなかった。「畜生。おれは腹がへってるんだぞ」イソは地面を蹴った。石を拾って格子戸へ投げつけてやりたかった。酒を飲んでいるなら二十分や三十分は出てこないだろう。イソは、近所にコンビニはないかと首をまわした。と、店へ入った男とよく似ている男が東のほうからやってきて、格子戸の店へ入った。田代兄弟の弟ではとイソは見当をつけた。兄弟が待ち合わせをして、これから酒を注ぎ合うにちがいなかった。

イソは自転車に乗った若い男に声を掛けて、この近所にコンビニはないかときいた。若い男は、「百メートル先を右折」と叫ぶようにいっただけで逃げるように走っていった。修治の後を尾けていた舟絵は姿を消した。男が料理屋へ入ったら、三十分や四十分では出てこないとみたからではないか。

イソは、パンとスルメと水を買って、元の位置にもどった。

男の三人連れが格子戸の店へ入った。田代兄弟は一時間あまりで店を出てきて、店の前で左右に別れた。イソは兄と思われるほうの後を追うことにした。修治だ。彼はタクシーで松本市内里山辺の自宅へ帰った。修治の妻の光子は今年一月、家を出ていった。なにが原因かは分かっていない。

修治には娘が二人いる。上の娘は二十歳だが、学校へいっていないし、就職もしていない。めったに外へ出ず家に籠(こも)っているらしい。次女は高校生だ。

イソは、きょうの調査はここまでと決め、コンビニでカップ酒を買い、歩きながらカップを口にかたむけて、ビジネスホテルへ向かった。

ホテルの部屋はエアコンが効いて涼しかったが、テーブルに小型のテレビと電話機があるだけで殺風景だ。イソは小仏に電話を掛けた。小仏は、新宿歌舞伎町あたりの小料理屋へでも入って、旨い肴(さかな)で酒を飲んでいそうな気がした。イソはそういう小仏に意地悪をしたくなって、ポケットからスマホを取り出した。

「きょうの田代修治は、午後六時四十分に事務所を閉め、料理屋へ入った。その料理屋へ弟の唯民も入った。兄弟は、なんとなく余裕のありそうな日常を送っているようだ」

と、報告した。

「田代修治を尾行した花川舟絵の行動は」

小仏がきいた。

「修治が料理屋へ入ったのを見ると、姿を消した。酒を飲んで食事をした後の修治には関心がないらしい。舟絵は、松本の快決社を見て、経営者の修治の後を尾けた。が、彼が料理屋へ入ると、姿を消した。飲み食いした者が腹をふくらませて店を出てくる姿なんか、見たくないんだと思う」

「舟絵には、松本で泊まることのできる親戚でもあるんじゃないか。……おまえはあした、快決社を張り込んでいろ。舟絵は快決社を訪ねるような気がする。快決社を訪ねて出てきたら、どういう用事で訪ねたのかをきくこと」

イソは、「了解」といって、電話を切った。


翌日、イソはどんよりと曇った空の下で、小さなビルの一階の快決社をにらんでいた。午前十一時二十分、予想したとおり花川舟絵が快決社を訪ねた。きょうになって最初の客である。
十五、六分後、彼女は眉を吊り上げるような顔をして出てきた。ドアを出たところで立ちどまると、首を左右に振ってから右のほうへ歩きはじめた。十歩ばかり進んで立ちどまり、歩いてきたほうを振り返った。なにかを迷っているようだったが、松本城の方向へ歩きはじめた。南を向いて五、六分歩いた彼女を、イソは呼びとめた。名刺を渡して、「あなたは快決社をお訪ねになりましたね」と、きいた。
「わたしがあそこを訪ねて、出てくるのを、ご覧になっていたんですか」

「はい。重要なことをききたいので……」

イソはそういって、首をまわした。黒地に白い文字の店名を書いたカフェが目に入った。

イソは、「重要なこと」を繰り返して、カフェへ誘った。

カフェに入って向かい合うと、舟絵は目つきを穏やかにした。

「私が知りたいのは、最近開設した快決社の内容です。……あなたは快決社に解決したい困りごとを相談されたのでは」

彼女はどう話そうかを迷っているらしく、二分ばかり黙っていた。イソは彼女の顔を見ながら白いカップのコーヒーを一口飲んだ。

「お話しします」

彼女は視線を下げていった。

「わたしの父は、県の森林管理の仕事をしていますので、長野市や安曇野(あずみの)市の森林だけではなく、木曽(きそ)のほうへ出張することもあります。……六月初めのことです。父は乗鞍(のりくら)へ出掛けたのですが、林の中を見回り中に行方が分からなくなりました」

「単独で見回りをしていたのですか」

イソがきいた。

「四人で行ったということでした。四人はひとかたまりになっていたのでなく、十メートルか二十メートル、はなればなれになることもあったといいます。危険を感じたり、呼び寄せる必要がある場合は、呼び子を吹くことになっているのですが、父の姿は林の中で消え、三人が呼び子を吹いてさがしたのですけど、父からの合図はないまま、行方が分からなくなりました。
……それから十日ばかり経ってからのことです。木曾の大桑村の森林を視察中の職員が、弁当箱を見つけ、それを持ち帰りました。森林内を歩いていた人が忘れていったのだろうと思われていましたが、警察が指紋などを検べたところ、父の指紋とそのほかのデータが、父のものと一致したんです。弁当箱を母も見ました。行方不明になった日の朝、母が父に渡したアルミの弁当箱だったのです。……その日、乗鞍へ行った人の弁当箱が、なぜ木曾の森林に捨てられていたかが謎なのです。それと父がどこへ行ったのかが、いまも分かっていないのです。……そのことをわたしは快決社の田代修治さんに話しました。すると田代さんは、調べてあげようといいました。分かりそうですかとわたしがきくと、行方不明の人さがしは過去に何件も扱っている、といったので、父の行方さがしをお願いしました」

彼女は下唇を嚙んだ。

「田代修治は、開智の城北ホテルに勤めていた男です。行方不明の人さがしを経験しているなんて、真っ赤な嘘です。田代は、調査を引き受けるといって、手付金を要求したのではありませんか」

舟絵は首を縦に動かした。いくら払ったのかときくと二十万円だと答えた。その日の彼女は二十万円を持っていなかったので、次の日に振り込みをした。田代からは、手付金を受け取ったとか、父の行方不明を調べているとかの連絡は一切なかった。

　数日後、彼女は快決社に電話して父に関して分かったことがあるかをきいた。すると田代は、「調査をつづけているが、いまのところお父さんの足取りはつかめていない」といわれた。田代のその返事をきいた彼女には、頭に火が点(つ)いたような怒りがこみ上げてきた。

「快決社というのは、看板だけの事業所です。所長の名刺を使っている田代修治と、彼によく似ている弟の二人が、女性を一人使って運営しているんです。運営といっても調査や困りごとを解決する人を使っているわけではありません。困りごとを相談にきた人から、手付金を取っているだけで、調査の行動は一切起こしていないのです。いまにそのことが表沙汰(おもてざた)になるでしょう。そうしたら、事務所をたたんで、夜逃げをするにちがいありません。わたしは振り込みをしたお金を取り返したいし、偽(にせ)の商売を摘発してくれる機関に、訴えるつもりです」

　彼女は視線を少し下げると、唇を嚙んだ。白いコーヒーカップをにらんでいるだけで、それには手を付けなかった。

「快決社の内情は、私たちが想像したとおりでした。田代兄弟がやっている事業の実態を見抜いた人たちが、あすにも事務所へ押しかけるでしょう。……ところで、あなたのお父さんの行方です。行方不明になる前に、なにか兆候のようなものは」

「兆候……」

「たとえば、地名とか人名を語っていたとか……」

「そういえば、今年は善光寺へお参りに行っていないといったことがありました。歩いていける距離のところに住んでいるので、毎年、何度もお参りをしていたんです」

彼女は首をかしげていたが、それまできいたことがなかった地名を父は口にして、だれそれはどうしているかとつぶやいたことがあったという。

「それは遠方でしたか」

「遠方ではなかったような気がします。どこだったか……」

彼女は組んだ手を唇にあてたが、父親がつぶやいた土地の名は思い出せないようだった。

「お父さんは、仕事で乗鞍へ行かれた。乗鞍には知り合いの人が住んでいますか」

「知りません。きいたことがなかったと思います」

一口に乗鞍といってもその範囲は広い。乗鞍高原と呼ばれているところにはホテルが何軒もあって、夏は保養地で、冬はスキー客がくる。

「お父さんが行方不明になったことを、警察に相談しましたか」

「母は警察へ行って、事情を話していますし、勤務先の方も警察に相談しています。……神磯さんの事務所も、行方不明の人をさがす依頼を受けることがありますか」

舟絵はイソの正体を確かめるような目をした。

「あります。私も家出人の行方を追いかけたことがあります」

「その人の行方を、つかみましたか」

「つかみました。小樽にいました。船の修理をする会社に勤めて十日目でした」

「男性ですね」

「そう、三十歳の男です」

「その人は、なぜ小樽へ行ったのですか」

「付合っていた女性が、いなくなったんです。彼は、勤め先を休んで彼女の行方をさがしていた。いろんな情報があったが、その中に、女性の親友が小樽にいることが分かったので、その女性が住んでいる小樽の家を張り込んでいた」

イソは、小樽の港の風景を思い出した。

舟絵は、背筋を伸ばすと、イソの全身を確かめるような目をしてから、

「わたしの父の行方をさがしてください。……父がいなくなってからの母は、何キロも痩せました」

「さがしあてることができると、断言はできませんが、調査を依頼されれば、万全を尽くします」

イソは、にぎった手に力を込めた。

舟絵は、細い声でいった。

「手がかりは、木曾の大桑村の森林に捨てられていた弁当箱です」

イソは、ノートにメモをとると小仏に電話した。行方不明者の捜索について相談されたが、受けてよいかをきいた。

「おまえに、その行方不明者の所在をつかむことができるという、自信があるか」

「五〇パーセントかな」

「それなら、受けろ」

イソは、所長の小仏太郎がいったことを舟絵に伝えた。

3

イソは次の日も快決社が見える場所に立った。信州の夏は涼しいだろうと思っていたが、松本の陽差しは強かった。彼は、雲のあいだからのぞいた太陽を見上げて、首筋の汗を拭(ぬぐ)った。

午前十一時、イソがにらんでいる快決社へ四十代半ば見当の服装のいい女性が入った。

その女性は一時間後に快決社を出てきた。イソはその女性の後を七、八分追い、声を掛けた。女性は怪訝(けげん)な表情をしてイソの全身に視線を這わせた。

「失礼ですが、あなたは快決社をお訪ねになりましたね」

「わたしをご覧になっていたのですね」

「快決社の業務内容を知るために、お訪ねになった方からお話をうかがいたいのです」

女性は道路の脇に寄ると、快決社に疑問でも持っているのかときいた。

快決社は困りごとというよりも、行方が分からなくなった人をさがす仕事を依頼されているようだが、その成果などを知りたいのだといった。

女性は陽差しを避けられる位置へ寄ると、

「じつは、あの事務所に疑問を持っているんです」

と、眉間に皺を立てた。

「あなたは、快決社に仕事を依頼されていたのですね」

「お恥ずかしいことですが、息子が家へ帰ってこなくなりました。なにがあったのか分からないので、三日間、じっと帰りを待っていました。四日目に、いたたまれなくなって、快決社へ相談に行きました。代表者の田代さんは、自信ありげに息子の行き先をさがしあてるといいました。はたして分かるものかと思っていたら、息子はひょっこり帰ってきました。どこへ行っていたのかをきいても、答えません。……わたしは快決社に手付けの二十万円を払っていました。仕事をしてもらわないうちに息子は帰ってきたので、手付金を返してくださいといいに行ったんです」

「返してくれましたか」

「いいえ。行方さがしに着手していたのでといって……」

彼女は首を横に振って、歩いてきた道を振り返った。二十万円を無駄にしたのが口惜しいのだろう。


イソは思い付いたことがあって、花川舟絵に電話した。呼び出し音が六つ鳴って彼女が、

「はい」と答えた。喉を痛めているような声だ。

「木曾の大桑村の森林で見つけたお父さんの弁当箱ですが、その中身は」

「空でした」

舟絵のその短い言葉をきいて、イソはうなず

いた。

「お父さんは、特殊な技術でも身に付けている方ですか」

「森林管理員になる前は、製材所に勤めていたときいたことがありました。特殊な技術などは……」

　彼女は首をかしげたようだ。

　弁当箱に足が生えて乗鞍から歩いていくわけがない。ある日、父親の花川健吉(けんきち)は一緒に作業をしている同僚からはなれて、電車に乗ったり歩いたりして、大桑村に着いたのだろう。そして森林へ入った。連れがいたにちがいない。連れと並んで、会話をしながら弁当を食べたのだろう。イソは、冷たい空気に包まれた薄暗い森林で、足を投げ出して弁当を食べる二人を想像した。健吉の横でにぎり飯でも食べていたのは若い女性だろう。

　食べ終えて横に置いた弁当箱が転げ落ちた。斜面を生きもののように転がって、はずんで見えなくなった。健吉は転がっていく空の弁当箱を追おうとしなかった。横にすわっている女性からはなれたくなかったからだ――

　イソは、舟絵から健吉の写真を借りることにした。彼女が手にしてきた名刺大の写真の裏には黒い薄紙の端が貼(は)り付いていた。彼女はアルバムから父の写真をはがしてきたらしい。

　早速イソは、中央本線の普通列車で大桑に降りた。線路に沿って南へ歩くと野尻宿(のじりじゅく)の名残に出合った。右を向いても左を見ても濃い緑の森林だ。着ているものが緑に染まりそうである。

そこが中山道の木曾路であった。車をとめて立ち話をしている二人の男に近寄って、

「この男性をさがしているのですが、見覚えは」

と写真を見せて尋ねた。

「知らない人です」

阿寺川の阿寺渓谷が近そうだ。「紅葉の名所」という看板が立っていた。歩いて出会った人に写真を見てもらった。

「どこかで会ったことがあるような気がする」

と答えた女性がいた。

自転車に乗った人をとめて、写真を見せた。

「製材所にいる人じゃないかな」

中年の男性は写真をじっと見て、いった。

その製材所は近くだった。丸太を挽いているらしい音がダムの近くまできこえていた。
十五、六分経つと丸太を挽く音はやんだ。トビを持って丸太の山に登っていた人が下りてきた。イソはその人に花川健吉の写真を見せた。
「花川だね。間もなくトラックに乗ってきますよ」

花川はトラックの助手として働いているらしい。

五分もすると大型トラックが入ってきた。花川らしい男は助手席から降りた。写真の男だった。

「花川さん」

イソは汚れた服を着た男に近寄った。

「仕事をすませてください」

イソは、「ここで待っていますので」といっ

た。花川は身震いすると、明かりの点いている事務所へ入っていった。
十五、六分すると彼は事務所の横から出てきた。顔を洗ってきたようだ。服装もこざっぱりしている。
「あなたをさがすのを、舟絵さんに頼まれました」

イソはそういって、名刺を渡した。

野尻駅の近くに飲み食いできそうな店があるので、「そこで」といって、イソは健吉に肩を並べた。

健吉は、手拭を破ったようなハンカチを顔にあてた。

「私にはいまに罰があたります。なんの不足もない女房と娘がいるのに……」

野尻駅に電車がとまった。三、四人が駅を出てきた。緑の林をくぐってきたような風が頬を撫でた。

「家は、近くですか」

イソは、駅前の小さな店を指してからきいた。

「歩いて十二、三分のところです」

「食事を一緒にしたいが、待っている人がいるでしょうね」

「は、はい」

健吉はポケットからスマホを取り出した。彼はイソに背中を向けると、小さい声で、「人に会っているので、帰りは少し遅くなる」と告げた。電話の相手は、一緒に暮らしている女性にちがいない。

小料理屋といった体裁の店へ入った。イソが酒を飲むかと健吉にきくと、「少しは」と答えた。豆絞りの手拭を首に掛けたおやじに、「酒を」と告げると、カウンターに二合ぐらいが入った徳利と盃が置かれた。

飲みかたを見ると、酒好きのようだった。

一緒に住んでいる女性とは、どこで知り合ったのかをきいた。

森林管理員だった健吉は、南木曾の山で林の中の下草を刈っている雪村早紀を何度も見かけていた。ある日、山中で昼食を一緒にする機会があった。七、八人が一緒に弁当を開いた。健吉は早紀の横に腰掛けた。彼は彼女の名前をきいた。すると彼女は弁当を包んでいた紙の端を破って、名前を書いた。少し大きめの文字はうまかった。

「いい名前だね」

彼は名前の書かれた紙切れをそっとポケットにしまった。

それから彼女とは何回か緑の濃い木曾の山中で顔を合わせた。どちらかというと小柄な彼女は、口数が少なく、声は小さかった。目は細いほうで、微笑んでもその表情は弱そうに見えた。彼は、からだは丈夫なのかときいたことがある。すると彼女は、幾日も寝るような病気をしたことはないと答えた。

彼は彼女を夕食に誘った。「ありがとうございます」といった彼女は、彼が口にした料理屋へ先に着いて、お茶をもらっていた。仕事をしていた時とは服装が変わっていたが、指にも耳にも首にも、飾り物を着けていなかった。袖口からのぞいている肌は、紙のように白かった。

　彼女と二度目の食事をしたとき、彼は彼女の耳に口を寄せて、「好きだ」と告げた。盃から手をはなした彼女は、首を縦に振った。

　彼女は農家の離れ家を借りていた。実家は飯田市だが、大平街道を越えて木曾へ遊びにきたとき、なぜか檜の森林の匂いと、太さのそろった何千か何万の赤い幹の魅力にひきつけられ、木曾で暮らすことにした。木曾の役場は森林保護の役目を負っていた。そこへ臨時管理員として彼女は採用された。

　イソは一瞬迷ったが、花川健吉が雪村早紀と暮らしている農家の離れ家を、舟絵に電話で教えた。

「雪村早紀という人は、飲み屋に勤めているんですか」

　舟絵はさぐるようなきき方をした。

「いいえ。森林管理の仕事をしています」

「何歳の人ですか」

「正確な年齢は分かりませんが、三十歳近くです」

「父には、長野へもどってくる意思がありそうですか」

「分かりません。私は健吉さんに、もどる意思を確かめたわけではありませんので」

「父と一緒に住んでいる女性は、わたしたちと話し合いができそうな人ですか」

　イソはできると思う、といった。

　舟絵は、「父の居場所をよく見付けましたね」と、イソをほめて電話を切った。今夜の彼女は、イソからきいたことを母に話して、どうするかを決めるだろう。

4

イソは、長野市の花川舟絵から紹介を受けた人に、仕事を頼まれたといって事務所へ帰ってきた。

小仏は、イソが請けた仕事をきいた。

松本市島内(しまうち)の山内章弘(やまうちあきひろ)という人の萌子(もえこ)という十九歳の娘が、いつもどおりに、大学へいくために家を出たが、帰宅しなかった。大学へ問い合わせると、きょうは登校していないし、連絡もないといわれた。深夜になっても帰宅しない。それで事故に遭ったか事件に巻き込まれたのではないかと考え、警察に届けた。

その一方で、最近開設したという快決社へも相談した。快決社の田代修治という経営者は、行方不明の人さがしは慣れている仕事だといって、手付金二十万円を請求したので、支払った。

行方不明になって四日目、娘は蒼(あお)い顔をして帰宅した。両親は、どこでなにをしていたのかを萌子にきいた。すると彼女は、「学校へ行くのが嫌になったので、友だちのところへ行って一緒にごろごろしていた」と答えた。食事は摂っていたらしく、衰弱してはいなかった。萌子は次の日から大学へ通いはじめた。

山内は、快決社に娘さがしを依頼したことを後悔した。調査の行動を起こしていないことを知ったので、支払った手付金を返してくれと要求した。すると田代は、「調査員はすでに捜索の行動を起こしていたので」といって、返金には応じなかった。

　そのことを山内は花川舟絵に話した。舟絵は、木曾からもどってきたイソに山内の鬱憤を話した。イソは快決社へ乗り込んで、「ここは仕事を請け、手付金を受け取ることだけを商売にしている事務所じゃないのか」と、少しばかり声を大きくした。イソの顔を見た修治は、なにをするか分からない男と判断してか、二十万円を返した。イソからその金を受け取った山内は、「よくやってくれました」と礼をいって、十万円をイソのシャツのポケットに押し込んだのだという。

「使い方によっては、おまえの破滅的なツラは役に立つんだな」

　小仏がいった。

「鬼畜も尻込みするような所長に、顔のことはいわれたくない」

　イソは山内という男から受け取った金を、音を立ててテーブルに置いた。

　その音に呼応するように事務所のドアが開いて、駅前不動産をやっている三ツ木今朝男が顔をのぞかせた。新潟市出身で、エミコの遠縁にあたる人だ。

「忙しかったら後にするが」

と、三ツ木は土間に立った。

「暇です。仕事がなくて困っていたところなんです」

　小仏は、三ツ木をソファに招いた。

エミコがお茶を出した。

「私が懇意にしている人のことなんですが」

三ツ木はそういってからお茶を一口飲んだ。

「半月ばかり前のことです。懇意にしている野尻という四十八歳の男は、友だちと酒を飲んでの帰りに、渋谷区の青山通りの道路の端に妙な物があるのを見つけて、近寄った。それは麻の袋で、ふくらんでいた。彼は袋を拾い上げて、中身をのぞいた。中身はなんと一万円札の束だったんです。すぐに警察に届けるのが筋ですけど、見ている人がいないようだったので、迷った末に自宅へ持ち帰った。中身は百万円の束が十五個。千五百万円です」

「夜の道路に、札束を入れた麻袋……」

小仏はつぶやいて、袋と札束を想像した。もしもそれが自分だったら、どうしたろうかと考えた。

現金を入れた麻袋は誤って落としたのではなく、所持していると災難に見まわれる物だった。それでたぶん車で走っている途中、道路の端にそっと置いたのだろう。

「野尻という人は、現在も札束の入った袋を持っているんですね」

小仏がいった。

「押入れの布団の下へ押し込んでいるそうです」

三ツ木はそういってから顔を曇らせた。

「野尻という人の家族は……」

「奥さんと娘が二人。上の娘は今年大学を出て、就職しました。下の娘は大学生。……野尻には好きな女性がいることが家族にバレて、家を追い出された。渋谷区内にマンションを借りて、独り住まいをして、会社へ通っています」

「好きな女性とは、今もつづいているんですね」

「そのようです。女性の住まいは、高円寺駅の近くだそうです」

「女性は、なにをしている人ですか」

「会社員でしたが、病気をして、それがなかなか治らないので、会社勤めを辞めたようです」

「なかなか治らない病気とは」

小仏もお茶を一口飲んできいた。

「病名は知りませんが、毎日襲ってくる頭痛に悩んでいるということです」

「勤めを辞めなくてはならないのだから、相当辛い頭痛なのでしょうね」

「病院へ通っているし、薬を服んでいるけど、経過は思わしくないそうです。女性はその症状を知人に話した。知人は知り合いに頭痛に悩んでいる人がいるので、どのような治療をしているかをきいた。話をきいた知人は、『試しにこれを』といって、白い錠剤を一つくれた。その錠剤を服んだところ、十五、六分ぐらいして頭痛はやみ、十時間あまりを快適に過ごすことができた。それは『試しに』といって服んだクスリの効果と知ったため、そのクスリを買いたいと知人に話した。知人は、『すごく高いのよ』といった。その値段をきいた頭痛持ちの女性は、その高さに腰を抜かした」

頭痛に悩んでいる女性は、付合っている野尻に、「病院で処方してくれる薬は効かないけど、知人にもらった白い錠剤では、ぴたりと痛みがとまり、十時間あまり快適に暮らせる」と話した。

彼女の話をきいた野尻の頭には、夜の道路で拾った麻袋の中身がゆらゆらと揺れた。袋に手を突っ込んで札束を摑み出せば、白い錠剤は数えきれないほど買えるのだった。

野尻という男は昨夜、三ツ木を訪ねてきて、麻袋の中へは何度も手を突っ込んだが、使ってはいないと話した。

三ツ木は茶碗に手を触れ、

「小仏さんなら、どうする」

と、突き刺すような視線を向けた。

小仏は、二、三分のあいだ目を瞑っていたが、

「頭痛が治る白い錠剤を、どんどん買う」

といった。

「どんどん買って……」

「病院処方の薬では治らない人に、分けてあげる」

「うむ……」

三ツ木は小さく唸ると、「店へもどって考えてみる」といって出ていった。

小仏は三ツ木の話を自分の席できいていたイソのほうを向いた。

「おれはキンコに服を買ってやる」

「服なら、二、三万円じゃないのか。十万円以上の服をプレゼントしても、キンコには似合わない」

「おれのおふくろと妹にも、服を買ってやる」

イソの両親は高崎市に住んでいる。妹夫婦は子どもを連れて、両親の家に同居している。イソは年に一度ぐらいは、家族に顔を見せにいっているようだ。

「そうだ。千五百万円入ったら、いい車を買うことにしよう。それから、新宿か渋谷へ事務所を移そうよ」

「この亀有に事務所があるのが、おまえには不満なのか」

「不満じゃないけど、都心部のほうが、金持ちが仕事を頼みにくるような気がする」

「そう思っている人が多いらしい。金になる仕事が入りそうだとみて、赤坂や麻布（あざぶ）で事務所を構える人が多くて、今は乱立気味だ」

小仏がそういったところへ電話が鳴った。午前十一時だ。エミコが応答した。電話の相手は、調べて欲しいことがあるといったので、小仏が電話を代わった。相手の声と話しかたは中年女性のようだ。

「わたくしの父のことで、相談したいのですが」

女性は細い声で、これから事務所へ伺っていいかときいた。

電話の女性は十分後にやってきた。亀有駅の前で電話したのだといって、事務所内を見まわした。わりに背の高い痩せぎすの人で、五十歳ぐらいに見えた。着ている物は上質だ。

「お住まいは、この近くですか」

小仏は、細くて白い手の指を見てきいた。

「根津（ねづ）美術館の近くの南青山です」

「遠方からわざわざ」

小仏は頭を下げ、彼女の名をきいた。高梨千鳥と名乗った。小仏事務所の存在をだれかからきいたのだろう。

「なにかご心配なことでも」

小仏は便箋の上のボールペンを拾った。

「来月、八十歳になる父のことなんです。父は五日前に、過去に仕事や旅行で訪ねたことのある土地を、もう一度見たくなったといって、旅支度をして、次の日に出掛けました。こんな真夏でなく、少し涼しくなってからにしたら、とわたくしがいったのですが、きこえないふりをしていました」

小仏は便箋に、「八月十一日」と書きつけた。

「父は、とても八十近くには見えません。メガネを掛けずに新聞を読んでいることもありますし、歩きかたも速いほうです。週に一度はプールへ行っています。……父が旅行に出る朝、どこへ行っても、日に一度は電話をよこすことを約束させました」

父の名は、高梨清次。住所は彼女と同じだといった。清次の妻は四年前に病没したという。

「お父様からは、毎日、電話がありますか」

「はい。かけてよこします」

「いまは、どちらに」

「きのうのことですが、船で松島を観光して、瑞巌寺近くのホテルに着いたところといっていました。……疲れていないかとききましたが、お昼はすしを食べて、遊覧船に乗っているだけなので疲れていないし、食欲もあるといいました。……あしたは仙台へ行って、伊達政宗に縁のある瑞鳳殿を見たあと、仙台に住んでいる知り合いに会うことにしているといっていました」

「お父さんのご旅行は、何日間ぐらいの予定ですか」

「さあ、きいていませんでした。家にいてもやることのない人ですので……」

　彼女は少し首をかしげた。

「趣味とかスポーツは」

「絵を描くのが趣味です。思い付くと、色鉛筆で風景を。とてもうまいとはいえません。自分がイメージした絵にならないのか、途中で紙をまるめて、屑籠へ放り込んでいるのを見たことがあります」

「お友だちは多いほうですか」

「少ないほうだと思います。わたくしが知っている父の友だちは、二人です。その二人とは半年ごとくらいに会っています」

「お友だちとは、外でお会いになる」

「銀座とか赤坂の、バーのようなお店で会っているようです」

　小仏は、高梨清次は会社でも経営していたのかときいた。

　みどり商事といって、食品と雑貨を扱う卸業を経営していて、その事業をひとまわり大きくした会社を、千鳥の夫の高梨慎一が社長になって運営しているという。

「その会社は、どちらに」

「ＴＢＳの近くの赤坂です。そのみどり商事には、わたくしの長男が勤めております。次男は来春大学を卒業して、みどり商事に勤めることにしているようです」

これで高梨家の現在の家族構成が分かった。千鳥には清次という実父がいて、夫とのあいだに男の子が二人いる。

小仏は高梨千鳥に、現在旅行中の父親のことや家族についてきいたが、彼女がなにを頼みにきたのかをまだきいていなかった。彼女から家族構成をきいたところで、

「私どもが、お手伝いできることは」

と、小仏はきいた。すると彼女は胸をひと撫でするような手付きをして、

「旅行中の父は、はたして、単独かどうか」

と、首を傾けた。連れがいるのではと疑ったらしい。父の旅行に連れがいるとしたら、それは男か女か。どういう職業の人かを知りたい、と彼女は胸に手をあてていった。これが小仏探偵事務所を訪ねた目的だったのだ。

5

高梨千鳥は父親清次の観光旅行には、同伴者がいるのではと勘繰った。彼には前科があるからと千鳥はいった。三年ばかり前のことだが、彼は箱根(はこね)へ一泊の観光旅行に行った。箱根湯本(ゆもと)で友人と落ち合うといって出発した。その日の午後、わりに大きい地震があった。そのとき彼は強羅(ごうら)にいて、なにかにつまずいて怪我をした。その報(しら)せの電話を女性から受けた千鳥は、「父

とは、どういう間柄の方でしょうか」と、控えめの声できいた。女性は、「高梨さんと一緒に観光をしていた者です」といった。清次は小田原の病院で治療を受けたが、女性は三十代後半の清楚な感じの人だった。その人とは、関係をつづけているのか、別れたのかを、千鳥は清次にきいていなかった。

「父にお付合いをしている女性がいたとしても、わたくしには困ることはありません。ただどういう人か、職業ぐらいは知っておきたいのです。もしも危険な目に遭いそうな人なら、手を引いていただきます」

彼女は一瞬、きつい目をした。

「清次さんは、いつまで旅行をなさっているのでしょうか」

「さあ。北海道まで行くつもりのようですので、まだ何日も旅をつづけるのだと思います」

高梨千鳥が事務所を訪れた目的は分かった。

「清次さんから電話があったら、どこのなんというホテルか旅館にお泊まりになるのかをきいてください」

小仏がいうと、彼女はからだの向きを変え、バッグから紺色のスマホを取り出した。相手はすぐに応答したようだ。

「いまは、どこですか」

相手は清次だろう。彼女は、あらためていまいるところは仙台のホテルかときいて、手の指を字を書くように動かしていた。清次は市内観光をしているようだ。

「交通事故には、気をつけてね」

と、やさしい声でいって電話を終えた。

「今夜の宿は、仙台青葉区のアネックスホテルだそうです。いま、そこへ向かっているところといっていました」

仙台に住んでいるという友人には、そのホテルで会うのだろうか。

高梨千鳥が小仏の事務所を訪ねた目的は、清次は単独か、それとも連れがいるのか、連れがいるとしたら、それはどんな人かを知りたかったからだ。

小仏は、自分の席で、鼻の穴へ小指を突っ込んでいるイソに、旅に出る準備をいいつけた。

イソは目を覚ましたような顔をして椅子を立った。

千鳥は、「とりあえず」といって茶封筒と清次の写真を小仏の前に置いた。封筒の中身は二十万円。小仏はエミコに領収書を書かせた。

「まあ、きれいな字をお書きになる方」

千鳥は、エミコの字をほめると、領収書をオフホワイトのバッグに入れた。

東北新幹線で仙台へは一時間半程だ。千鳥は、すぐに動いてくれると知った小仏に礼をいって、事務所を出ていった。小仏は旅装をととのえ、イソにハッパをかけた。

イソは、口の中でなにかいいながらロッカーから旅行鞄を取り出した。

「仙台へ行って、高梨清次っていう人に会うの」

イソがきいた。

「会うとはかぎらない。ホテルでどんな人に会っているかを確かめて、どうするかを決める」

小仏とイソは、東京駅で十四時台の「やまびこ」に乗った。二時間足らずで仙台に着いた。ほとんどの乗客が仙台で降りた。アネックスホテルは街路樹の道路に面していた。午後のロビーには四、五人がいるだけだった。

小仏は、千鳥からあずかった写真を見直して、顔の特徴を記憶した。体形は、身長一七〇センチ程度で、体重は六三キロ程度。ウエストは少し太くなったが腹は突き出ていないという。ロビーにいる人を注意ぶかく見たが、七十代に見える男性はいなかった。

小仏は、コーヒーラウンジにも入ってみたが、若い女性が二人、向かい合っているだけだった。

高梨清次はこれからホテルへやってくるのではないか。小仏は、窓から外を眺めているイソを呼び寄せ、ラウンジへ入って、正面出入口のほうを向いた。小仏はコーヒーをオーダーしたが、イソはトーストを追加した。

「おまえは、一日中、なにかを食っているんだな」

イソはなにもいわず、厚切りのトーストに嚙みついた。

フロントを見ていると、三十代と思われる二組の男女がやってきて、チェックインの手続きをした。二組の荷物は大きかった。

午後五時四十分、濃茶色のバッグを斜め掛けした姿勢のいい壮年の男が、フロント係と会話をはじめた。その男性は涼しげな薄緑色の半袖シャツを着ている。その男性の四、五メートル後ろには、オレンジ色のワンピースの女性が立っている。その女性は旅行鞄を持っていた。

小仏はラウンジを出て、柱の横からフロント係と会話をしている男と、その後方に立っている女性を観察した。

男性はペンを持った。チェックインをしているらしい。男はペンをにぎったまま後方の女性と短い会話をした。その男性は高梨清次のようだったので、小仏は一歩、フロントのほうへ近寄った。女性を観察した。茶色の髪をした女性はわりに背が高い。スカートの下の足は細くて長く見えた。白い靴を履いている。

チェックインをした男は、床に置いた旅行鞄を持つと、女性をラウンジへと誘った。

小仏は、旅行鞄を持った男性に横合いから、

「高梨清次さんですね」

と、声を掛けた。男性は足をとめ、

「どなたですか」

と緊張の目を向けた。

小仏は、窓辺へと男性を誘い、名刺を渡して、高梨清次かを確認した。

「探偵事務所の方……」

「高梨清次さんですね」

「高梨です」

そう答えた声は八十歳近くとは思えないほど若かった。

「お嬢さんの千鳥さんから、依頼を受けました」

「千鳥は、なにを……」

「ご一緒に旅行されている方。失礼ですが、ど

ういう職業で、どこに住んでいらっしゃる方なのかを、お教えください」

「千鳥は、余計なことを」

憮然として清次はそういうと、後ろを向いて、先にラウンジへ入っているようにと、女性にいったらしい。女性は一瞬、目を光らせ、うなずかずにラウンジへ向かった。

「千鳥は心配性なんです。旅行に反対はしないが、どういう人と一緒かと気を使っているんです」

「そのとおりです。ですので、お連れの方のお名前と、どこでなにをしている方なのかを」

「名は、立科夏子。住所は長野市の、たしか市内の横沢。病院の事務員だそうです。歳は三十六。それでいいでしょ」

長野市の病院の職員と、どういう経緯で知り合ったのかをききたかったが、

「私を追いかけたり、待ち伏せしたりしないでください。私は、観光旅行をしているんですよ」

清次は、口を尖らしていうと、世の中で最も憎い者に会ったというふうな目をして背中を向け、ラウンジへ入っていった。

「女は三十六か。金持ちはいいな。観光旅行をして、夜は夜で……」

イソは、ラウンジのほうを向いて賤しいいいかたをした。

小仏はホテルを出て、タクシー乗り場から高梨千鳥に電話した。彼女は待っていたようにすぐに応答して、「ご苦労さまです」といった。

「清次さんは、三十代の女性とご一緒でした」

「やっぱり。仙台で知り合いに会うなんていって……」

小仏は、清次からきいた女性の氏名と、その人の住所は長野市だと伝えた。千鳥は小仏のいったことをメモしたようだが、「住所は長野市ですか」といってから、少しのあいだ黙っていた。なにか心当たりでもあるように感じられた。

「小仏さん。ご苦労さまですが、長野へ行っていただけませんか」

「立科夏子という方の住所確認ですね。承知しました」

小仏は、仙台から長野への交通機関を頭に描いた。東北新幹線から北陸新幹線に乗り換える。

それをイソに伝えると、

「そんな、夜の綱渡りみたいな。今夜はこっちでやることがあるじゃない」

「こっちで、やること……」

「高梨は、ひと晩中、ベッドで女を抱え込んでいるわけじゃない。飲み食いするところへ、出掛けると思う。そこを尾けて、娘さんに報告してあげなくちゃ」

「そうか。そうだな」

小仏はうなずかず、イソのゆがんでいるような顔をにらんだ。

二人はロビー中央の丸柱横のソファにすわって、エレベーターのほうを向いた。フロントへはひっきりなしにチェックインの客がやってきた。ほとんどの客が男性と女性だ。

張り込みをしているのに、イソは居眠りをした。その顔に冷たい水を掛けてやりたかったが、小仏は足を蹴った。

「痛いっ」

午後七時、清次と夏子という名の女性は、手をつなぐようにしてエレベーターを出てきた。小仏は、ロビーのほうへ真っ直ぐに向かってくる夏子の顔に注目した。気のせいか彼女の目は異様に光っているように映った。

正面玄関から外へ出ると、彼女が清次の手をつかんだ。大通りを渡った。清次は目立つ建物を説明するように腕を動かしている。夏子という女性は初めて仙台へきたのかもしれない。

手をつないだ二人は五、六分歩いて路地へ入り、格子戸の店へ入った。料理屋だ。清次が食事をしたことのある店なのだろう。

「おれは、これが一番嫌いなんだ」

イソは、割烹という看板の出ている店をにらんだ。尾行中に相手が食事をする。食事を終えて相手が出てくるまで張り込んでいなくてはならないのを、指しているのだ。

「腹がへったな」

小仏がいった。

「おれは、倒れそう」

近くでコンビニをさがして、食い物を調達してこいと小仏はいった。イソは返事をせず、夜空に向かって唾を吐くように吠えると走り出した。

料理屋へは男の三人連れが入った。旨い物を出す店のようだ。

イソは、パンと水と串に刺したイチゴを買ってきた。料理屋のほうを向いて、パンをかじっている二人の男を見た人は、どんなことを想像するだろうか。

高梨清次と立科夏子の食事は、約一時間半。二人は料理屋を出るとホテルへもどるものとみていたが、足を向けたのは反対方向だ。夏子はまた清次の手を摑んだ。路地を抜ける手前は、赤いネオンを明滅させている酒場で、二人はその店へ吸い込まれるように入った。清次は酒好きなのか、それとも夏子のほうが、酔いたいとでもいったのか。その店も、清次はかつて飲みに入ったことがあったにちがいない。

「女のほうが、もっと飲みたいとか、酔いたいっていったのかも」

イソは、風が運んできた白い紙屑を蹴った。

「近くに、酒を売ってる店は……」

彼はからだを回転させた。酒を売っている店があっても、小仏は飲ませないつもりだ。二人は、仕事中なのである。

清次と夏子は、一時間あまりで酒場を出てきた。今度は、ホテルのほうへ足を向けた。夏子に手をにぎられている清次は、何度かつまずきながら歩いた。

二人がアネックスホテルにもどり、エレベーターに乗ったのを確認すると、小仏とイソは、安い宿をさがした。

翌朝の小仏とイソは、コンビニのパンと水で朝食をすませると、アネックスホテルへ駆けつけた。

清次と夏子は、バイキングの朝食を摂っていた。

「同じ人間とは思えない」

イソは、顎に伸びた無精鬚（ひげ）を撫でながらいう。

「忌々しいのか」

「所長は、二人の朝メシを見て、悔しいとは思わないの」

「思うよ。そう思ったぶんの料金は、調査料として頂く」

清次と夏子は向かい合って、白いカップでコーヒーを飲んでいた。清次は彼女に笑顔を向けていたが、目の縁には疲労が浮いていた。

ほのかにコーヒーの味のするガムを嚙んでいると、高梨千鳥が電話をよこした。娘は父親の健康状態を気にかけていた。

小仏は、尾行した二人の昨夜の行動を報告した。

「料理屋さんでお酒を飲んで、そのあと酒場へ行ったなんて。女性がもっと飲みたいとでもいったんじゃないでしょうか」

「多分、そうでしょう。酒場を出たお父さんは、お疲れのようすでした」

そういった小仏の頭には、ふと、清次の経済状態が浮かんだ。

「わたくしは、父の財布の中を見たこともないし、預金通帳を見たこともありません。旅行も自分のお金で行っています」

経済的には余裕があるのだろうと娘はみているようだ。

立科夏子は、清次の経済状態をのぞいているような気がする。恋人というには年齢がちがいすぎる。彼女が惚れているのは、彼の財布の中身と預金通帳ではないのか。

千鳥は、「父と夏子という人は、きょうはどこへ行くのでしょう」といって、電話を切った。

いったん部屋にもどった清次と夏子は、午前十時半にフロントに立った。

「美人のたぐいに入るんだろうけど、おれはあの女の顔を好きにはなれない」

イソは、柱の陰で立科夏子のことをいった。

「おまえには、漁師の娘のキンコがお似合いだ」

「キンコは、気立てがいい。それが顔立ちにあらわれている」

「けさは、バカにキンコをほめるじゃないか」

清次と夏子は、旅行鞄を提げて仙台駅へ向かった。

二人は、東北新幹線に乗り、彼女は大宮で降り、北陸新幹線に乗り換えて長野で降りた。小仏とイソは、長野まで彼女を追った。駅前でタクシーに乗った彼女は、横沢町というところで降り、速足で小ぢんまりとした平屋の家へ入った。表札は出ていないが、自宅にちがいない。

小仏は数分のあいだ夏子という女性が入った家をにらんでいたが、思い付いたことがあって、警視庁の安間に電話した。立科夏子の戸籍確認を頼んだ。

「本名だろうな」

安間がきいた。

小仏は、立科夏子の容姿を頭に浮かべた。

夏子は、部屋の空気を入れ替えるようにカーテンを隅に寄せ、ガラス戸を開けた。どうやら部屋の掃除をはじめたようだ。

安間が電話をよこした。小仏はペンをかまえた。

「立科夏子の元の姓は田代。立科伸正（のぶまさ）と婚姻したが、約二年で離婚。名字を旧姓にもどしていない。子どもはいない」

「田代……」

小仏は小さくつぶやいた。松本市の中心部で快決社といういかさま商売をやっている田代兄弟を思い出した。小仏は首をかしげていたが、松本市里山辺に住んでいる田代修治の戸籍を安間に調べてもらうことにした。

その回答は三十分後にあって、夏子は田代修治の妹だった。

小仏の目の前で危険信号が点滅した。彼とイソは夏子の住所から三、四百メートルはなれた小さな公園に入って、木の下から高梨家へ電話した。千鳥は小仏からの電話を待っていたように、すぐに応答した。

「お父さまは、お帰りになりましたか」

「はい先ほど。疲れたといって、自分の部屋へ。……いまはベッドに入っていると思います」

小仏は、立科夏子とは、手を切ったほうがよいと諭すようにいった。

「立科という人は、病院の事務員ではないのですか」

「病院に勤めているのかもしれませんが、彼女には兄が二人います。その二人は松本市の中心部に快決社という事務所をかまえています。その事務所の仕事は詐欺です。行方不明になっている人の行方をさがすようなことをいって、料金を受け取るが、行動は起こさない」

「まあ、なんという」

「もしかしたら、夏子という女性も、一役買っているのかも。その夏子はいま、清次さんを騙して、金を奪う方法でも考えていそうな気がします。深みにはまらないうちに……」

「そうですね。わたくしが説得します」

　千鳥はそういって電話を切ったが、三十分もしないうちに電話をよこした。

　清次は、銀行へ行くといって靴を履きかけたが、現金を引き出すのならやめたほうがいいと千鳥はいった。彼は、引き出した現金をどこかへ送るつもりだったらしいという。

第四章　夏の終り

1

八月に入ってからの東京は、朝からうだるような暑さがつづいている。事務所へ出勤したエミコは、炊事場の流しに首を突っ込むようにして顔を洗った。電話が鳴った。エミコはタオルを顔にあてて電話に応えようとしたが、小仏が受話器をつかんだ。

電話は南青山の高梨千鳥だった。

「朝から申し訳ありません」

そういった彼女は、息を切らしているようだった。

「父がいなくなりました」

小仏は、壁の時計に目をやった。午前八時五十分だった。

「いなくなったとおっしゃいますと」

「わたくしが起きる前に、出掛けたようです。服装をととのえて」

朝の散歩ではないという。

「遠方へ行かれたのでしょうか」

小仏はエミコが差し出したタオルを額と首にあてた。

「旅行鞄（かばん）は部屋にあります。夏の上着を持って、他所（よそ）行きの靴を履いて」

「昨夜のようすはどうでしたか」

「食事をしてから、主人と一時間ばかり話をしていました。大きい船に乗って、外国の港をめぐる旅をしてきた知り合いの夫婦の土産話を、主人にきかせていました」

　高梨清次は、自分の部屋へ入ってからなにかを思い立ったのだろうか。だれかを思い出したのではないか。小仏の記憶に鮮明なのは仙台で清次と一緒にいた立科夏子だ。彼女とは仙台で一夜を過ごしたが、その前から東北の旅を一緒にしていたことが考えられる。彼の目の裡（うち）にはいつも夏子が映っていたのではないか。

　小仏は、夏子を危険な女とにらんでいる。彼女は、詐欺まがいの商売をやっている田代兄弟の妹なのだ。彼女は黒い魂胆を隠して清次に接近したように考えられる。それには兄弟の悪知恵もふくまれていそうだ。清次への愛情ではない。いつかは清次が、ショック死するような策を練っているような気もする。

　イソは、ガムを嚙（か）みながら午前九時十分に出勤した。玄関の土間で腹を冷やしていた猫のアサオが、エミコの足にからみついた。アサオはイソを好きでないらしい。イソがなにかをくれてやろうとすると、せまい額に皺（しわ）を寄せるような顔をして、彼の前から去ってゆく。

「長野へ行くぞ」

　小仏は、アサオの背中を撫（な）でながらいった。

「急にどうしたの。なにがあったの」

「早く支度をしろ。高梨清次さんは、長野へ、立科夏子に会いに行ったのだと思う」

夏子から電話でもあって、急に金が要るようになったとでもいわれたのでは。それとも、彼女の白い肌が目の中に揺れて、寝付けなかったのではないか。

東京から長野へは、北陸新幹線で一時間二十分ぐらいだ。座席にすわるとイソは鞄からパンを出して食べはじめた。いつもなにかを口に入れていないと不安なのではないか。

「朝メシを食わなかったのか」

小仏はイソの横顔をちらりと見てきいた。

「ちょこっと食ったよ」

「いつもなにかを腹に入れている。そういうやつは、頭の回転が鈍い」

「腹がへってても、頭の回転はよくないよ」

長野で関西弁の団体と一緒に列車を降りた。団体は善光寺参りのようだ。

立科夏子の住所は横沢町。そこは善光寺の西側で、タクシーで行く距離だ。

「善光寺さんへ参拝してから」

イソはそういったが、小仏は夏子に会うのを先にした。取り返しのつかない出来事がすでに起こっているかもしれないという、胸騒ぎを感じてもいた。

立科夏子の住所に着いた。彼女の住まいは平屋の一戸建て。表札は出ていない。名を呼んで、玄関ドアをノックしたが、応答はなかった。ガラス戸の内側には水色のカーテンが張られている。

小仏とイソは、善光寺へ行くことにした。参道には人の列ができていた。六地蔵に手を合わせてから重要文化財の山門をくぐった。国宝善光寺本堂は、元禄年間（一六八八〜一七〇三）の火災後、七年の歳月をかけて宝永四年（一七〇七）に完成した。間口約二十四メートル、奥行き約五十四メートル、高さ約二十九メートルの国内屈指の木造建築で、東日本で最大級の規模。屋根は、総檜皮葺き（ひわだぶき）であり、形式はT字形のかねを叩く撞木（しゅもく）に似た「撞木造り」という構造を採用している、とあった。

　イソはなにを祈ったのか、亀有のキンコよりも器量のいい女性にめぐり会えるようにと祈ったのか、もっと金が欲しいと希（ねが）ったのか、長いこと手を合わせていた。

　小仏とイソは、立科夏子の住所へもどった。ガラス戸に張られていた水色のカーテンは半分、隅へ寄せられていた。それは彼女が外出からもどった証明だった。

　小仏は玄関ドアをノックして、声を掛けた。

「やかましい叩きかたをする人ね」

　女性はそういってドアを開けた。立科夏子は白い半袖シャツにジーパンという服装だった。額に皺を立てている。

「東京の高梨清次さんがいますね」

　小仏は、たたきへ一歩踏み込んで、奥をのぞく目をした。

「いま、寝（やす）んでいます」

　清次と夏子は、外で食事をしてきたのだろう。清次は、疲労と満腹で眠くなったにちがいない。

小仏は、清次が目を覚ますまでここにいさせてもらいたいといって、上がり口へ腰を下ろした。イソも小仏に倣って腰掛けた。

「なんだか、厚かましい人たちのようだけど、いったい、用事はなんなの」

夏子は立ったまま、ぞんざいないいかたをした。

「あなたは、病院に勤めているようだけど、きょうは休みですか」

「わたしのことを調べたようね。病院は辞めました」

「いまは、どこに勤めているんですか」

「いまは……。いろんなことをきくのね。なぜなの」

「高梨清次さんと親密にしているようだからです」

「そうよ。親しい間柄よ。それがどうなの。なにを知りたいの」

彼女は床へ膝(ひざ)を突いた。

「高梨清次さんとは、歳がはなれている。年齢の差だけではない。清次さんとあなたは不自然なんです」

「不自然。大きなお世話。人目には不自然でも、わたしたちは……」

ふすまの向こうから、「おお」とか、「ううっ」という男の太い声がした。清次が目を覚ましたようだ。夏子が膝を立てた。と、同時にふすまが開いて、下着の半袖シャツにステテコをはいた男が、板の間へ出てきた。頭の頂上は髪が薄い。高梨清次だが、この前会った時よりいくつか老けたように見えた。

小仏は立ち上がって、少し大きい声で、「高梨さん」と呼んだ。

「ああ、仙台で会った、探偵さん。……なぜここに」

清次は目をこすった。

「どうして、千鳥さんに黙ってご自宅を出てきたんですか」

「ああ」

「こっちに、立科夏子さんに、呼ばれたのですか」

「ああ、いやいや」

清次は曖昧な返事をした。

夏子は、風を起こすように立ち上がった。彼女は部屋からシャツとズボンを持ってきて、清次に押しつけた。自分の見苦しい姿を他人に見られたといっているようだった。

小仏は清次にききたいことがあるので、外へ出てもらえないかといった。

「ここで話してください。わたしにきかせたくないことのようですが、内緒話をしないで」

夏子は目尻を変化させた。

「高梨さんはけさ、銀行へ寄りましたか」

小仏は、夏子の顔をちらりと見てから、視線を清次に移した。

「寄りました。手持ちが少なかったのでね」

「まとまった金額を引き出しましたか」

「ええ、ちょっと」

「立科さんから、お金が要るといわれましたか」

「急に、まとまった金が必要になったといわれて……」

「いくら引き出されたのですか」

「三百……」

　小仏は夏子のほうを向いた。

「大金がどうして急に必要になったんですか」

「借りていたお金を、返さなくてはならなくなって」

　夏子は顔を伏せて小さい声で答えた。

　彼女はこれからも、たびたび急にまとまった金額が要る、と清次にいいそうだ。彼女はある時、清次には資金力があると踏んだにちがいない。一気に何千万円が必要といわず、二、三百万円ずつをちびりちびりと強請るのではないか。男の預金が底をついたとき、人が変わったように縁を切るのだろう。

「二百万円か三百万円」

　小仏の横でイソがつぶやいた。思わず口をついて出たという声だ。

　小仏は、清次の預金残高を知りたかった。それを知れば、夏子との関係がいつまでか分かりそうな気がした。

「ご自宅へは、いつお帰りになりますか」

　小仏は、いくぶん目尻の下がった清次と目尻を吊り上げている夏子の顔を見比べた。

　清次は、「二、三日のうちに」と、下を向いて答えた。

2

事務所へもどった小仏は、疲労と満腹で眠くてしかたがなさそうな清次の顔を思い出しながら、高梨千鳥に、清次のようすを電話で伝えた。

「恥ずかしくて、人にはきかせられませんね。それと、父はこれからも、お金を持って、夏子という人のところへ行くようになるでしょうね」

千鳥は目を光らせ、歯ぎしりをこらえているようないいかたをした。

千鳥との電話を切ったところへ、ドアにノックがあった。

ドアを開けたエミコが、

「あらっ、浅間先生。こんにちは」

といった。浅間先生とは、小説家の浅間真一郎のことだ。彼は小仏事務所の上の階を仕事場にしている。自宅は歩いて二十分ぐらいのところだが、八十を過ぎた母親がときどき体調を崩して寝込む。母親は来客を好まないので、浅間は仕事場を設け、そこで毎日、小説やらエッセイを書いている。五、六社の出版社から原稿の依頼を受けているらしく、ほとんど毎日、午前中に仕事場へやってくる。出版社との打ち合わせも仕事場でしているようだ。夜は七時に電灯を消す。真っ直ぐ帰宅する日もあれば、盛り場へ出掛ける日もあるようだ。現在五十七歳だというから、作家としては旬といっていい時期ではないか。

「探偵社の仕事は、小説のネタになりそうだ」

と浅間にいわれて、近所のうなぎ屋の芝川で、小仏は二度、酒をちびりちびり飲りながら、彼の作品の参考になりそうな話をしたことがある。

きょうの浅間は、小仏にききたいことがあるのだが、邪魔をしてよいかと、ドアに首だけ突っ込んできいた。

「どうぞ、お入りください」

小仏がいった。

浅間は小仏に負けないくらい体格がいい。しばらく見ないうちにまた少し太ったようだ。

「短編小説を二誌から頼まれているんですが、面白い話が浮かばない。二、三枚書いてはみたが……」

彼は原稿を破る真似をした。

小仏は笑いながら浅間の正面にすわって、エミコが淹れたコーヒーを一口飲んだ。

「小仏さんが最近扱った調査で、印象に残るようなものは」

浅間はコーヒーカップを持ったまままきいた。

小仏は天井に顔を向け、瞳を回転させていたが、駅前不動産の三ツ木が話した出来事を思い出した。

「人からきいたことですが」

小仏は前置きをして、ある男が夜の国道の端で麻袋を見つけて、それを拾った。中身を見て仰天した。札束だったからだ。自宅へ持ち帰って数えると千五百万円が袋に押し込まれていた。警察に届けるのがまっとうだが、彼の頭には頭痛に悩まされているある女性が浮かんだ。病院でもらう薬も、街の薬局で買う薬も彼女の頭痛を治してはくれなかった。彼女はその苦痛を知人に話した。すると知人はあるところから手に入れた白い錠剤を、「試しに」といって一錠くれた。彼女はすぐにその白いクスリを服んだ。すると頭痛がぴたりとやんで、十時間は快適に過ごすことができた。

それで彼女は白い錠剤を手に入れたいと知人に話した。が、そのクスリの値段をきいて頭を抱えた。想像の何倍もの高さで、とても手に入れることはできないと諦めた。

麻袋を拾った男は、頭痛に悩んでいる女性を思い出した。世間には同じ悩みを抱えている人が大勢いることも知った。そこで、頭痛によく効く白い錠剤を扱っている製薬会社から、頭痛薬を大量に仕入れ、それを頭痛持ちに配り、千五百万円を使い果たした——

「面白い。タイトルは『黒い美談』とでもしようか」

と浅間はいって、小仏事務所の便箋にメモした。

「そのほかには……」

浅間はペンをかまえて小仏の顔をにらんだ。

小仏は二、三分、目を瞑った。

「男性四人のグループが、長野県乗鞍の山林を歩いていた。森林管理の仕事です。山林へ入って一時間もしないうちに、Aという男が姿を消した。三人は歩いてきたコースをもどって、Aをさがしたが、見つからなかった。山中で姿を消したAは、自宅へ帰らず、行方不明のままになった。同行の三人にはAが行方不明になった原因は分からずじまいだった」

「天に昇ったか、地にもぐったか……」

　作家はペンを動かしながらつぶやいた。

「Aが行方不明になって十日ばかりが過ぎた。長野県木曾の大桑村の山林で、アルミの弁当箱が山林管理をしている人に拾われた。山中を歩いていた人が落としたものにちがいなかった」

「弁当の中身は」

　浅間がきいた。

「空（から）でした」

「その弁当箱の持ち主は」

　浅間は小仏のほうへ首を伸ばした。

「森林管理をしていて、行方が分からなくなったAの物と判明しました」

「Aの身内の人が証言したんですね」

「Aの妻は、Aが山へ出発する朝、彼に持たせたもので、容器を憶（おぼ）えていました」

「弁当の中身を食べた者は……」

　浅間は首をかしげた。

「Aでしょう。Aはだれかと一緒に食事を摂ったのでしょう」

　小仏がいうと、作家は目を瞑っていたが風を起こすように立ち上がった。メモを取った用紙をつかんで、礼もいわずに事務所を出ていった。

「浅間先生は、なにを書こうかと、迷っていたのでしょうね」

　エミコは、テーブルの上を片づけながらいった。

「作家は、来る日も来る日も、面白いものを書かなくてはと考えている。世の中にそうそう面白い話が転がっているわけじゃない」

　小仏がいって、両手を広げて伸びをした。テーブルの下でまるくなっていたアサオが、小仏の膝の上へのったところへデスクの電話が鳴った。小仏が受話器を上げた。

「私は、松本市女鳥羽で丸の内商事をやっている北沢でございます」

「丸の内商事さんは、快決社が入っている深志ビルのオーナーさんですね」

「さようでございます。困ったことが起こりましたので、小仏さんに、相談にのっていただきたくて」

　小仏は快決社に関することをきくために、オーナーの北沢に一度会っている。七十代の白い髪の男だった。

「困ったこととは、なんでしょう」

「快決社のことなんですが、三、四日前から事務所へはだれも出てきません。それで代表者の田代修治さんの自宅に電話をしました。何度も掛けてみましたけど、応答なしなんです」

　田代修治の住所は松本市里山辺だ。

　修治の弟の唯民は、東京中野区新井の借家を、放火に遭って焼け出され、近所のアパートに避難していた。兄とともに快決社を始めてからは、彼は松本市内に住んでいたようだが、その住所は不明だった。

　田代兄弟の快決社には女性事務員が一人いた。たしか三十歳見当の身ぎれいな人だった。

　小仏は、快決社に勤めていた女性の名と住所を知っているかと北沢にきいた。
「その人は宮坂順子という名で、住所は浅間温泉です。快決社へ出勤したら、入口は施錠されていた。それで、どうしたのかと私にききにきたんです。それをきいた私は、夜逃げだと気付きました」

　小仏はイソを連れて、中野区新井の田代唯民の住所を見に行った。放火によって全焼した家はそのままになっていた。黒く焦げた柱が四、五本立っているだけだ。家族はいまも近くのアパートに住んでいるという。小仏はアパートを訪ねた。菊美という名の妻はいまも中野区役所に勤めているので、彼女に会いに行った。

　小仏は菊美を外へ呼び出した。夫の唯民はどこにいるのか知っているかときいた。

「田代は、快決社という妙な名の事務所を、兄さんと一緒にやっていくといって、寝泊まりするところを松本市内でさがしたようでした。その事務所を始めてから東京へは二度帰ってきただけでした。その事務所がどういう仕事なのかを夫は教えてくれませんでしたし、寝泊まりしているところも知りません。わたしにお金を置いていったこともありません。……住んでいた家は放火されたし、これからなにが起きるかを考えると、夜も眠れません」

　彼女は、血の気の失せた顔をし、唇を震わせた。

　小仏とイソは、快決社に勤めていた宮坂順子を松本の自宅へ訪ねた。彼女は自宅の裏の畑で、籠にトマトを入れていた。彼女の足もとでは紫色の桔梗が咲いている。

「わたしは快決社に二か月近く勤めました。困りごとを抱えた人が話すことを、パソコンに打ち込む仕事をしていました。困りごとを抱えている人は、ほぼ毎日、相談にきていました。困りごとの相談には主に田代修治さんがあたっていました。どの方にも『お困りでしょう』とか、『ご心配ですね』とか、『お役に立つように、すぐに動きます』などとやさしく話し掛けていました。行方不明になった人の家族には、『手がかりはなにか』とか、『これまでに旅行した先はどこか』と、きいたこともありました。ききかたは、親身になっているように感じられました」


彼女は額に細い皺を立てて語った。その予兆を感じたことがありましたか」

「田代兄弟はいなくなった。その予兆を感じたことがありましたか」


小仏がきいた。

「一度だけ、調査員を募集したことがありました。数人が応募してきましたが、仕事が依頼者の希望には沿えないと判断したらしくて、就職しようとしませんでした。……一人、印象に残った応募者がいました。その方は元警察官で、体格がよく、はっきりものをいいました。田代さんが、『行方不明者をさがす仕事が多い』といいましたら、その方は、『さがし当てるのは困難でしょう』といいました。田代さんは、さがし当てるのがむずかしいと思っても、『最善をつくします』と依頼者にいって、調査を受けているといいました。元警察官は、『それは罪だ。卑怯だ』といって帰りました。わたしは快決社に勤めていることに不安を感じるようになったので、近いうちに辞めようと考えていました」

「不安とは」

「相談料とか調査料といって、手付金を受け取りながら、行動を起こしていないことがはっきり分かったからです。田代さんは、仕事は下請けに出しているといっていましたけど、それは嘘だと分かりました。わたしにも良心がありますので」

彼女は、蒼い空に浮く白い雲を見る目をした。

3

もしも田代兄弟の行方が分かるか、行方についてのヒントを思いついたら、教えてください、と小仏は宮坂順子にいって、背中を向けた。五、六歩去ったが、彼女に呼びとめられた。彼は彼女のほうを向いた。

「長野の善光寺さんの裏あたりに、秋田犬を飼っている女性がいます。その女性と田代修治さんは親しいようでした」

「あなたはその女性を、どうして知ったのですか」

「子犬を連れて、たしか二度、事務所へきたからです。わたしも犬が好きなので、抱いたり、頭を撫でたりしました」

「その人の名前は」

「知りません。名乗らず、『こんにちは』と犬を抱いて、笑顔で……」

「その女性が連れていた犬が、秋田犬だとよく分かりましたね」

「わたしは犬好きですし、秋田市へほんものの秋田犬を見に行ったこともあります」

「その女性の住所が、善光寺の裏あたりというのは、どこで」

「その女性が、善光寺の近くとか裏といったんです」

小仏はその女性の年齢の見当をきいた。三十代半ばだと思うと順子は答えた。その女性は車に乗ってやってきて、事務所の前へ車をとめ、子犬を抱いて、鼻歌でもうたうような足取りで快決社へ入ってきたという。

「ありがとう。よく思い出してくれました」

小仏は、順子にあらためて頭を下げた。


小仏とイソは一度東京にもどり、三日後の早朝、列車で長野へ向かった。イソはホームで買った弁当を食べ終えると、空になった箱を膝にのせたまま目を瞑った。

「ゆうべはライアンへ行ったらしいが、何時まで飲んでいたんだ」

小仏も弁当を食べ終え、紙に包んだ。イソは返事をしなかった。軽井沢を出たところでイソは爆発するようなくしゃみをし、弁当の空箱を床に落とした。周りの何人かの乗客が席を立った。くしゃみとは思わなかったらしい。

「この前から、所長にいおうと思ってたことがあるの」

　イソが前方を向いたままいった。

「なんだ。早くいってみろ」

「おれ、今年中に死ぬかも」

「首でも吊るのか」

「疲れ切って、ものもいえなくなって……」

「なんで、今年中って分かるんだ」

「そう長くないっていうこと」

「おまえは首に紐（ひも）を掛けても、死なないと思う」

「なんで、分かるの」

「いつ死んでもいいようなやつほど、だらしなく長生きするものだ」

　小仏は目を瞑った。

　長野に着いた。すべての乗客が降りたのではと思うほど大勢が降車した。

　道路は駅前から善光寺へ真っ直ぐに延びている。善光寺へ向かうバスに乗る人もいる。

　小仏とイソは大門町（だいもんちょう）を歩いて越え、仁王門と山門をくぐって善光寺に着いた。

　小仏は、イソがきょうじゅうに死なないようにと合掌し、「身代わり御守」を買って彼に渡した。

　善光寺の裏側は善光寺北といって、池があり公園があり動物園もあった。庭を掃いている老女に、「秋田犬を飼っている女性をご存じでしょうか」ときいた。

「秋田犬って、どんな犬ですか」

「背中は茶色で、足が白い」

などといったが、老女は首をかしげた。

「犬を飼っている家できいてみてください」

と教えられ、箱清水（はこしみず）と上松（うえまつ）という地域を尋ね歩いた。

　イソが、腹がへったといった十分後に、レトリーバー犬を飼っている家の主婦が、「クラウドハイツに住んでいる女性ではないでしょうか」といった。そこはマンションだが、一階に、いつも茶色の犬を連れている女性が住んでいると教えられた。

　その女性の部屋は分かったが、不在だった。女性の姓は「井島（いじま）」らしい。

　小仏とイソは、コンビニで買ったパンを食べ、水のボトルをかたむけながら、茶色の犬を飼っている女性の帰宅を待っていた。

　寺の鐘が鳴り、夏空に浮いた白い雲が茜色（あかねいろ）に染まったところへ、グレーの乗用車がマンションの駐車場へ入った。細身の女性が茶色の犬を抱いて車を降りた。小仏とイソは、女性の進路をふさいで、「井島さんですね」ときいた。女性は眉を動かし、きつい目をして顎（あご）を引いた。

「秋田犬ですね」

　小仏は、耳をぴんと立てている犬と女性を見比べるようにした。彼は名乗って、

「あなたにききたいことがあったので、お帰りを待っていました」

　といった。髪を薄く染めた女性の頬には艶（つや）があった。毎日、いい物を食べている、といっているようだ。

彼女は抱いていた犬を地面へ下ろした。秋田犬だ。名をきいた。

「アキです」

小仏は彼女に名刺を渡すと、氏名をきいた。

「井島沙奈枝(さなえ)です」

「あなたは、松本の快決社へ行ったことがありますね」

「はい」

わりに素直らしい。

「田代修治さんと親しいらしいが……」

「ええ、まあ」

彼女は細い人差し指を頰にあてた。犬のアキは彼女の足元にすわった。

「快決社をやっていた田代兄弟は、事務所を閉めて、どこかへ行ったらしい。あなたは兄弟の行き先を知っていますか」

「事務所を閉めた……」

「事務所を閉めたのは、五、六日前です」

「知りません。わたしには連絡もありませんので」

アキは沙奈枝を見上げてひと声鳴いた。

沙奈枝は首をかしげると、田代兄弟はなぜ事務所を閉めたのかを小仏にきいた。

「あなたは、田代兄弟がやっていた事業を知っていますか」

「人の困りごとを解決してあげる仕事だと、田代さんからきいていました」

「それはうたい文句で、相談にきた人から金を受け取りながら、なんの行動も起こさなかった。それがバレたので、夜逃げをしたのだと思います」

「そんな、そんな商売、長つづきしないに決まってる。わたしは、真面目な事業をしているものと思っていました」

彼女はしゃがむと、アキの頭を撫でた。彼女には職業がないように見えたので、「仕事は」ときいた。

「わたしは病気をして、長いあいだ入院していました。からだは回復してきましたので、そろそろ仕事をと思っているところです」

「どのようなお仕事を」

「わたしの父と兄は、長野市内、松本市内、小布施（おぶせ）、湯田中（ゆだなか）で、レストランをやっています。信州（しんしゅう）本部は長野市内の中央通りにあります。信州東堂（ひがしどう）という会社です」

小仏は彼女を見直した。三十代半ばだろうが、井島家の令嬢らしい。

小仏は、もしも田代修治から連絡があるか、居どころが分かったら連絡してもらいたいといった。

彼女は微笑してうなずくと、アキを抱え上げた。

不良としかいいようのない田代兄弟とは、どこで知り合ったのかを小仏は彼女にきいた。

「田代修治さんは、松本の城北ホテルに勤めていました。そのホテルのレストランを信州東堂が運営していたのです」

彼女は仕事でそのホテルへ何度か通っていたのだという。人と人は、予期せぬ場所や機会で知り合うものだということを、小仏はあらためて知った気がした。これからは、田代兄弟に近づくなと彼女にいいかけたが、余計なことだと思い直した。

小仏は、ポケットからケータイを取り出すと、沙奈枝に抱かれたアキを撮った。

4

長野市からもどって十日ばかりが過ぎた。急に秋が訪れたような涼しい風が吹いている昼前、長野市の井島沙奈枝が、小仏事務所へ電話をよこした。

「田代修治さんが電話をよこしました」

彼女の話しかたは落ち着いている。

「田代はどこにいるのでしょうか」

「小樽（おたる）です。祝津（しゅくつ）の水族館で、巨体のトドを見ているといいました」

「無職のようですね」

「そう。なにもしていないようです」

「あなたには、どんな用事があって電話したのでしょうか」

「わたしが毎日、ぶらぶらしているからでしょうが、気晴らしに小樽へこないかといいました」

「彼は、あなたに会いたくなったんでしょう。なにかの職には就いていない。退屈だし、恋しくなったにちがいない。彼は、弟の唯民と一緒のようでしたか」

「弟さんのことは、一言もいいませんでした」

「彼は、ケータイで掛けてよこしたのでしょうか」

「公衆電話からだったと思います」

　小仏は、修治のケータイの番号を知っているかと沙奈枝にきいた。彼女は自分のスマホをさぐっていたようだったが、修治の番号を見つけた。小仏は、その番号をきいて掛けてみた。予想したとおり、使われていない番号だった。

「田代兄弟は夜逃げをしたんです。彼には近づかないことです」

　小仏は電話を切ると、警視庁本部の安間に電話をした。以前に調査を頼んだ田代修治の足取りを摑みたいといった。安間は、小樽の警察に連絡し、祝津の水族館とその周辺を捜索すると答えた。

　午後二時。安間が電話をよこした。小樽署員が祝津の水族館を捜索したが、田代修治らしい人物は見当たらなかった。そこで、小樽市内の旭展望台や、港の見える船見坂や、小樽運河や、硝子製造所などへも手を広げて捜索したが、田代を見つけることはできなかったという。

「田代修治が、はたして小樽にいたかは、怪しいのではないか」

　安間がいった。

「祝津のおたる水族館にトドがいるのを知っていた。実際に見ていたんじゃないか」

　小仏がいった。

「なにかで知ったということも」

　安間はそういったが、小仏は、田代が沙奈枝に電話で、「小樽にいる」といったのは、ほんとうだろうと思った。彼は単独だろう。松本から直接小樽へ行ったかどうかは分からないが、十日ばかりが過ぎ、淋しさが募ってきたのだろう。孤独にはまだ慣れていない。もう十日もすれば、知り合いに電話をしなくなるような気がする。

田代修治の妻は、城北ホテルに勤務しているところに家を出たらしい。娘が二人いる。妻は、二人の娘とは連絡を取り合っているのだろうか。

小仏は思い付いたことがあった。あることが頭に浮かんだのだ。

「おい、中野区役所へ行くぞ」

眠そうな顔で窓を向いていたイソにいった。

「中野区役所へ、なんの用なの」

「鈍いやつだな。田代唯民の女房は、中野区役所に勤めているじゃないか」

「あ、そうか。でも辞めたかも。夫の唯民と一緒に、どっかへ消えたかも」

イソはそういったが、駐車場から車を出してきた。

区役所に着くと、区民課にいる菊美を外へ呼び出した。

「ご主人の唯民さんは」

「十日ばかり前でしたが、主人は電話をよこして、松本の事務所をたたんだ。兄貴と一緒に、新しい事業を考える、といいました。松本でやっていた事業をつづけるのがむずかしくなったようです」

菊美は、快決社を見に行ったこともないし、事業内容を詳しくは知らなかったようだ。

「ご主人は、兄の修治さんと一緒に、遠方へ出掛けたようですが、現在、どこにいるのかご存じですか」

「知りません。分かりません。……修治さんがいなくなったので、わたしは松本から修治さんの娘二人を引き取って、せまいところで四人で暮らしています。修治さんの長女の波江は、これまで働いたことがなかったのですが、わたしたちと一緒になってから、就職しました」

「ほう。どんな仕事に……」

「わりに大きいパン屋さんです。お昼ご飯はパン屋さんの賄いだそうです」

彼女は、当てにならない夫など不要だといっているようだ。

「修治さんは、長野市に住んでいる女性に電話で、小樽にいるといったそうです。小樽に知り合いでもいるのでしょうか」

「札幌には知り合いがいますが、小樽には……」

彼女は首をかしげてつぶやいた。

「札幌の知り合いは、なにをしている人ですか」

「すすきので、クラブやスナックやカフェをやっているそうです。谷崎(たにざき)さんといって、六十歳ぐらいの大柄な方です。東京へおいでになったとき、一度お会いして、田代と一緒に食事をしました。東京の銀座へお店を出したいとおっしゃっていましたけど、どうなったのかは知りません」

小仏は、「すすきの谷崎」とノートにメモした。

小仏は、車をイソに運転させ、助手席で目を瞑っていたが、札幌へ行くことを思い立った。

「おまえの好きな飛行機に乗る」

「遠くへ行くの」

「札幌だ。会いたい人がいる」

「あっちへ飛んだり、こっちへ行ったり。おれは死ぬよ」

「生きてるじゃないか」

「いまに、死ぬ」

「早く死ね。それが世のためだ」

「世の中に、早く死ね、早く死ねっていう人はほかにいないと思う。それ犯罪になるんじゃないかな」

イソは、前方を向いたままいった。

翌朝、小仏とイソは八時半発の札幌行きに乗った。十時に新千歳空港に着く。

列車に乗るとイソは、弁当を食べ終えて居眠りをするが、飛行機ではずっと窓を見ている。百人以上を乗せた機体が、空を飛ぶのが不思議でならないのではないか。

空港からは電車で札幌に着いた。

小仏は、田代唯民の妻の菊美に電話をして、谷崎という人の電話番号を知っているかときいた。

「手帳を見ますので、ちょっとお待ちください」

区役所に勤めている彼女の言葉は、歯切れがよかった。が、

「メモをしたものと思っていましたが、勘違いでした」

といった。電話番号は記録されていたが、教えないほうがいいと思い直したのかもしれなか

った。

小仏とイソは、カフェをさがした。菊美は、谷崎という男はすすきのでクラブやスナックやカフェを経営しているらしいといった。

ビルの一階に黄色い旗を出しているカフェを見つけた。その店へ入って、カウンターの中にいた男に、すすきのでカフェを経営している谷崎という人を知っているかときいた。男は口を閉じたまま首を横に振った。

すすきのとその近くにはホテルがいくつもある。時計台通りで「すずらん」というカフェを見つけて、谷崎という人をさがしているが知っているかと聞いた。

「谷崎八千吉（やちきち）さんのことではありませんか」

コーヒーの香りがただよっているカウンターの中の男がいった。

「すすきので、クラブやスナックを経営なさっている方です」

男はうなずくと電話番号を調べてくれた。

教えてもらった番号へ掛けると、男の太い声が応えた。谷崎八千吉だった。

「谷崎さんは、田代修治さんか弟の唯民さんをご存じでしょうか」

小仏は、名乗ってからきいた。

「知っています。長野県の方ですね」

「そうです。いまどちらにいるのかをご存じでしょうか」

「田代修治さんは、札幌で商売をするといって、適当な事務所をさがしているようです。私は夕方、彼と会うことにしています」

小仏は、どこで会うのかをきいた。

「二条市場の近くのライズパークホテルのラウンジです」

小仏は、礼をいって電話を切った。谷崎は小仏という男から電話があったと修治に伝えそうだ。修治は警戒して、谷崎と会う場所を変更するかもしれない。

小仏はあらためて谷崎に電話して、小仏という者から電話があったことを修治には伝えないでもらいたいといった。了解したというだろうと思っていたが、それは甘かった。

「小仏さんが、どういう用事で田代に会うのか知りませんが、私は田代を騙すようなことをしたくない。田代には、小仏さんから電話があったことを伝えます」

と、機嫌を損ねたようなことをいった。谷崎はたぶん、田代修治と会う場所を変更するだろう。

「変更されたら、田代修治には会えなくなるよ」

イソが小仏を叱るようないいかたをした。

「谷崎という男を尾行するんだ」

小仏は、すずらんのカフェのマスターに谷崎八千吉の住所をきいた。マスターは住所を知っていて、北海道大学植物園の北側だと教えてくれた。

谷崎家は、檜の香りを放っているような二階屋だった。新築して間がないらしい。門も檜で赤い節のある板を使っていた。

小仏とイソはタクシーに乗って、五十メートルほどはなれた地点から、谷崎家を張り込んだ。

午後五時三十分、檜の門が開いて、黒い乗用車が出てきた。

「高級車だ」

イソがつぶやいた。

運転している男は白いシャツ姿だが、後部席の男は濃い色の上着を着ている。黒い車は中央区役所前を左折して、市電通りを二百メートルほど走ると右折した。大柄な男が車を降り、信号を越えたところを右に曲がって、レンガを積み上げたようなトロピカルホテルへ入った。

小仏とイソはタクシーを降りると、大柄な男の後を追った。男は谷崎八千吉にちがいなかった。彼は大股（おおまた）で歩いて一階奥のラウンジへ入った。五、六分後、上着を腕に掛けた男がラウンジへ向かった。小仏には見覚えのある男だった。田代修治だ。少し前かがみになって歩くのが特徴だ。

谷崎と修治がラウンジの奥の席で向かい合ったのを、小仏は確認した。

修治は谷崎に、札幌で始める事業の計画でも話すのではないか。それとも事業計画はすでに立っている。それをどこで始めるのかを相談しているのか。

ラウンジで谷崎と会っているのは修治だけだ。弟の唯民は、どこでどうしているのだろうか。兄弟は一緒ではないのか。小仏は、ホテルへ入っていく人たちを、玄関から少しはなれたところから観察していた。

第五章　白い粉

1

トロピカルホテルのラウンジで向かい合っていた谷崎八千吉と田代修治は、一時間ほどしてホテルを出てきた。どうやら商談はすんだようだ。玄関を出た二人は左右に別れた。

小仏とイソは、修治の後を追うことにした。彼は狸小路を西へ歩いて、わりに広い料理屋へ入った。十数分経ってからイソに店内をのぞかせた。すぐに店を出てきたイソは、顔色を変えるようにして、

「三人が会ってるよ」

といった。

「三人とは……」

小仏がきいた。

「修治、唯民、夏子」

「そうか。長野市に住んでいる立科夏子。三人は、この札幌で商売を始めようとしているのかも」

夏子は、東京の高梨清次と親しい。小仏が見るに夏子は、清次の経済力を狙っている女だ。借りていた金を返さなくてはなどといって、清次から二百万円か三百万円を何度か受け取っている。清次を大金持ちとみているのではないか。

清次が「もう金は出せない」とでもいえば、その場で縁を切るのだろう。

「三人で飲み屋でもやろうとしているのかな」

イソはボトルの水を飲んだ。

「三人が商売を計画しているとしたら、飲み屋なんかじゃない。すぐに現金をにぎることのできる商売だ」

小仏は、近くで明滅しているネオンに目をやった。

「三人のリーダーは修治だろう。彼は、松本でやっていた快決社が忘れられないはずだ。すぐに金になるからだ」

「困りごと相談所」

イソがつぶやいた。

「ある程度、現金をにぎったら、また夜逃げをする。初めからその計画で事務所を開く」

「うまくいくかな」

「松本で実験ずみじゃないか」

「修治は、すすきののボスみたいな谷崎に会った。どんなことを相談したのかな」

イソはまた水のボトルを口にかたむけた。

「困りごと相談所を開設するが、しばらく目を瞑っていてくれとでもいったんじゃないかな」

「田代兄弟にとっては、本物の警察より、『札幌の夜の警察』と呼ばれている谷崎八千吉のほうが怖いのかもね」

小仏は、田代兄弟の今夜の宿を確認することにした。彼らのあしたの行動をつかむためだ。

一時間あまりすると、夏子、唯民、修治の順で料理屋を出てきた。唯民の顔は赤かった。修治と夏子は酒に強いのだろうか。

　三人はコンビニで食品らしい物を買って百メートルばかり歩くと、ビジネスホテルに入った。そこが今夜の宿なのだろう。イソはそのホテルをカメラに収めた。

　翌朝、三人が泊まったビジネスホテルを張り込んだ。

　午前九時四十分、田代修治と唯民がホテルを出てきて、道路の端で向かい合っていた。五分ばかりすると夏子が、海のような色のシャツを着てホテルを出てきた。

　小仏とイソは田代兄弟を尾行した。三人は西へ十分ほど歩いた。夏子は緑色のビルの一階のカフェへ入った。修治と唯民はその隣の灰色のビル一階の「不動産仲介」の看板を出している事務所へ入った。貸し物件を相談するらしい。

　三十分ほど経つと修治と唯民は髪の短い男と一緒に出てきて、市電道路に沿って歩き、レンガ壁の小さなビルに入った。そのビルに約一時間入っていて出てくると、不動産事務所にもどった。修治たちは、どうやら適当な物件を見付けたようだった。

「松本でやっていたのと同じ事業を始めるらしい」

　小仏は観測を口にした。

「虚業だ。偽の商売だ。この札幌でも被害者が出る」

　イソは拳を固くにぎり目を光らせた。

　翌日、田代兄弟が借りたと思われる物件を見に行った。箱形の車が着いて、中古品らしい家具を事務所へ運び込んだ。Tシャツにジーパン姿の夏子が、運び込まれた家具を拭(ふ)いていた。カーテンを運んできた業者もあった。

夕方には看板が届いた。白地に「交善社(こうぜんしゃ)」と太字が躍っていた。社名の脇には、「困りごと、なんでもご相談ください」とあり、電話番号があった。

修治がビルの入口に看板を据えた。その看板をじっと見ている女性がいたし、母親と娘らしい二人が足をとめ、二言三言話し合ってもいた。母親らしい人の額には深い皺が刻まれていた。

小仏とイソは、何度も交善社の看板を見てビルの前を行き来した。

「おれは、あの看板に落書きをしたくなった」

イソがつぶやいた。

「なんて、書きたいんだ」

「騙されるな。手付金を出すな」

「営業妨害だっていわれるぞ」

「事実なんだから、妨害にはあたらない」

小仏とイソは、次の日も交善社を見にいった。困りごとを抱えている人はどこにもいるだろうから、看板を見て相談にいく人はいるにちがいない。

昼近くに、六十代ぐらいだろうと思われる女性が、交善社の看板を十分以上見つめていた。その女性は緑色の風呂敷包みを抱えていた。交善社へ入ってみようかと迷っているらしかった。「相談」を諦めたのか腕の時計を見て歩き出し、レンガ色のビルに入っていった。

「困りごとはあるけど、恥ずかしいことなので、他人には話したくないという人もいるだろうな」

小仏がそういったとき、身なりのいい四十歳見当の女性が、看板を見てから交善社へ入っていった。最初の客らしい。

その人は一時間近く交善社にいて、茶色のバッグを胸に押しあてて出てきた。小仏とイソはその女性の後を追い、十字路を左折したところで声を掛けた。

小仏は名刺を渡して、

「交善社がどのような業務をしているのかを調べています。あなたは、ご家族のどなたかのことで、相談にいかれたのですね」

女性は道路の端に寄ると、

「交善社を調べていらっしゃる。どうしてでしょうか」

と、首をかしげた。

「交善社の代表者は、田代修治という人です。田代は長野県松本市で快決社を開いていました」

小仏は、田代がやっていたことを話した。

「まあ、なんという……」

女性は胸に手をやった。彼女が交善社に依頼したのは娘のことだという。

「お嬢さんは、何歳ですか」

「十六です。二週間前から行方が分からなくなりました。高校生ですが、いつものように朝、家を出ていきましたが、登校しませんでした。学校から電話があって、それを知ったんです。

娘の電話に掛けると、使われていない番号になっていました。……わたしには娘が二人おります。上の娘は大学生です。上の娘は当然ですけど大学へ出ていました」

「高校生のお嬢さんからは、連絡がないのですね」

「はい、まったく」

「警察へは……」

「主人は、警察には届けるなというものですから」

彼女は、少し蒼ざめている首を横に振った。

「それはご心配ですね。交善社には、お嬢さんの行方調査を依頼なさったのですね」

「そうですけど……」

彼女は伏し目になった。

「調査は引き受けるといってくれましたけど、手付金をといわれました。わたしは用意していなかったので、これから銀行へ行って……」

小仏は、待ったを掛けるように手の平を彼女に向けた。交善社は、調査を受けても調べることはしない。手付金を受け取るだけで行動は起こさない。そのために松本市にいられなくなって、札幌へやってきたのだと話した。

彼女は、「それはほんとうか」というふうに小仏の顔をにらんで口を開けた。

「ほんとうです。ですので張り込んで、交善社を訪ねた方から話をうかがうことにしていたのです」

「どうしましょう」

彼女はバッグを胸に押しあて首をかしげたが、

小仏の名刺を見直した。「探偵事務所」と、つぶやいた。

「小仏さんは、行方不明の人の行方を、お調べになったことがありますか」

「あります。何度も」

「事務所は、東京なんですね」

　彼女は考え顔をして、バッグを開いたり閉じたりしていたが、小仏に背を向けて電話を掛けた。二、三分、小さい声で話していた。

「主人と話したんです。小仏さんに、娘のことをお願いしていいでしょうか」

「私でよければ、お引き受けします。最善を尽くしますが、お嬢さんの居どころが分かるかは、なんとも」

　彼女はうなずいて、秋津絹子と名乗った。住所は札幌市内の豊平橋の近くだった。行方不明の次女の名は真千子だといって、はがき大の写真を出した。

「顎の右に大豆ぐらいの大きなホクロがあります」

　彼女はそういうと、涙ぐんで口に手を当てた。

　小仏は、真千子と親しい人の名と電話番号をきいてメモした。

2

「年配者は、姿を消すと、親しい人にも連絡しないが、少女は親しい人に電話をしたりする。世間知らずだから、予想しなかったことに突き当たると、うろたえる。どうしていいか分からないのと不安で、友人に助けを求める」

小仏はそういいながら、秋津絹子からきいた娘の同級生や友人に片っ端から当たることにした。

彼は大柄だし、いくぶん強暴とみられる面相をしている。人によっては、「きりりとしたいい男」と見ているようだ。

彼と少しゆがんだ顔のイソは、秋津真千子が通っていた高校の、門を一歩出たところに立った。終業のベルが鳴って十分ぐらいすると、生徒が二人、三人、あるいは五、六人が喋りながら校門へ向かってきた。

小仏は両手を広げて生徒を足どめして、男女を問わず秋津真千子を知っているかときいた。知っている、と答えた生徒に、「彼女は学校を休んでいるし、自宅にいない。どこにいるかを知っているか」ときいた。

「知りません」

背の高い女生徒がいった。陽焼け顔の別の女生徒も、知らないと答えた。

二十人ぐらいにきいたが、全員、首を横に振った。無言で首を横に振ったが、顔を伏せた女生徒が二人いた。顔を伏せると無言で走り去った女生徒もいた。ほかの生徒に、逃げるように去っていった女生徒の名をきいた。

小仏とイソは、次の日の午後も高校の門の外に立った。きのう、逃げるように去っていった女生徒がやってきたが、きょうもくるりと背中を向けて走り去ろうとした。その生徒の名は小川洋子（おがわようこ）。真千子の母親が、「真千子と親しいらしい」といった人の中に入っていた一人だ。

小仏とイソは細い足をした小川洋子を追いかけて、住宅の塀に張り付けるようにした。彼女は蒼い顔をして震えた。

「秋津真千子さんの居どころを知ってるね」

小仏は穏やかにきいた。

彼女は四、五分のあいだ、鞄を抱いて口を利かなかったが、

「真千子さんは、どうして家出したのかを知ってるね」

と、小仏がきくと、小川洋子はこっくりをした。その顔には稚(おさ)なさが残っていた。

「真千子さんは、いまどこにいる。知ってることを隠していると、警察へ行ってもらうよ」

小仏のその言葉は効果があってか、

「東京です」

と、小さい声で答えた、

「住所を知っているんだね」

「新宿区とだけ知っています」

「真千子さんは東京へ行って、なにをしている」

「なにもしていないと思います」

「東京では、だれかと一緒なんだね」

「中西(なかにし)さんという、会社員の男性と一緒だと思います」

「真千子さんは、中西という人に誘われて、東京へ行ったのかな」

「中西さんは札幌で会社に勤めていましたけど、東京へ転勤になったんです。それで真千子は、中西さんの後を追いかけるようにして、東京へ

行ったんです」

　真千子は札幌で会社員の中西と知り合った。中西は東京へ転勤になったが、毎日、電話をし合っていた。彼女は電話では満足できなくなって家出したということらしい。

　小川洋子は中西が勤めている会社名を知っていた。和光技研で、本社は東京の品川区だった。

　小仏とイソは東京へもどった。和光技研を見にいった。中西という社員の住所を知りたかったが、それは教えてもらえないだろうから、中西の帰宅を尾けることにして、勤務を終えて会社を出てくる社員に中西はどの人かをきいた。

　中西元也は細身の長身だった。夕方、グレーの上着を腕に掛けて会社を出てきた。二十七、八歳に見えた。小仏とイソは中西を尾行した。

　中西は電車を東中野で降りた。着いたところは北新宿の二階建てアパート。彼は二階への階段から二番目の部屋へ入ったが、すぐに若い女性と一緒に出てきた。小仏は鞄から、はがき大の写真を取り出した。中西に肩を抱かれるようにして部屋を出てきたのは、紛れもない秋津真千子だった。イソは二人の後ろ姿をカメラに収めた。

　小仏は、札幌の秋津絹子に電話し、「真千子さんが住んでいるところを確認しました」と伝えた。真千子がなにをしているのかは分かっていないといった。

「よく分かりましたね。真千子はどんなところに住んでいるのですか」

「新宿区の古いアパートの二階です」

小仏は、真千子と一緒に住んでいる中西元也の勤務先を教えた。そして、「真面目そうに見える会社員ですが」と付け加えた。母親の絹子は、あしたにも東京へ出てくるだろう。小仏は彼女を、真千子が中西と住んでいるアパートへ案内するつもりだ。

「お母さんがそのアパートへ行ったら、真千子さんはどんな顔をするかしら」

エミコは、母娘の対面を想像してか、天井へ顔を向けた。

きょうの東京の空は、色を塗ったように蒼かった。船に似たかたちの白い雲に人が乗っているようにも見えた。秋がすぐ近くまでやってきているような空から飛行機が、翼を光らせて滑走路へ降りた。その飛行機には秋津絹子が乗っていた。小仏とイソはデッキで、その飛行機が着くのを待っていた。

絹子は少し大きめのバッグを肩に掛けて、小仏とイソの前にあらわれた。昨夜はよく眠れなかったのか、彼女の目は赤かった。

イソが運転する車に彼女を乗せた。彼女は落ち着けないらしく、左右の窓に顔を向けていた。

北新宿のアパートの前に着いた。小仏が二階の左から二番目の部屋を指した。絹子はなにを考えてか、アパートの二階を見てから、周囲の風景を眺めるように首をまわした。

三人は二階へ上がった。絹子は小仏の顔を見てからドアをノックした。部屋にいる人は、ドアの中央のレンズに目を近づけているにちがいなかった。ドアに耳をあてた。かすかに物音がした。

「真千子」

母親がドアに顔を近づけて呼んだ。彼女は震える声で何度も娘を呼んだ。

十分ほど経って、ドアが開いた。娘は観念したようだった。母親は躍るようにたたきへ入ると、名を呼んで娘に抱きついた。母娘は立ったまま忍び泣いていた。

母親は、家に帰ろうと娘を説得した。それには一時間あまりを要した。

母親の目は先刻よりも赤くなっていた。娘の顔は空気の抜けた風船のようだ。

真千子は手の甲で目を拭いながら靴を履いたが、思い付いたことがあってか部屋へ入り直した。彼女は台所の小さなテーブルの上で広告の紙を裏返すと、ボールペンでなにかを書いた。中西元也に宛てて一言書いたようだ。

小仏とイソは、絹子と真千子を羽田空港へ送り、二人が乗った飛行機を見送った。

一週間後、札幌の秋津絹子から小仏に宛てた礼状が届いた。それによると秋津家は転居する。真千子は転居先近くの高校へ通うことにする、となっていた。親が考えた末の措置だろう。


小仏とイソは、再度、札幌へ飛び、交善社を張り込んだ。立科夏子が出入りしていた。彼女は、交善社をやっている田代兄弟の妹だ。東京の南青山に住んでいる高梨清次と親しくしていて、清次に愛情を注いでいるように見せているが、それは偽物で、狙っているのは現金のようだ。八十歳近い男のことを、「好き」だの「愛している」などという女性はめったにいるものではない。彼女は清次を操縦するのがうまいのだろう。

　清次は無職である。彼女が電話で、「会いたい」と甘えた声でいえば、すぐに飛んでいけるのだ。

　彼女は彼と会うたびに、まとまった金額が必要になったとはいっていないようだ。彼の顔色をうかがい、腹をさぐって、怪しまれないように、いくら必要になったなどといっているのだろう。清次の娘の千鳥は、父親が女狂いしているのを見抜いていて、多少のブレーキを掛けてはいるようだ。

　小仏とイソは、交善社から出てきた四十代後半に見える男に声を掛けた。

「交善社に調査を依頼なさったんですね」

　ときいた。細いからだの小柄な男は、急に脇から出てきた二人の男に驚いたようだ。

「交善社がどのような仕事をしているかを調べている者です」

　小仏は、男に一歩近寄った。

「調べているとおっしゃる。なにをですか」

　男は目を尖らせた。

「失礼ですが、交善社にどういうことを相談なさったのですか」

「恥ずかしいことですが、妻がいなくなりました。……私には高校生の娘と中学生の息子がおります。私は会社勤めです。妻がいないと困るんです」

つまり有岡（ありおか）という名の彼は、家出した妻の行方をさがして欲しいと、交善社に相談したのだった。

「交善社では田代修治という男が会ったと思います」

「そうです」

「手付金を要求されましたか」

「はい、二十万円を。用意がなかったので、これから銀行へ行くつもりです」

「交善社に手付金を払っても、奥さんの行方をさがす調査はしないと思います」

「えっ。調査をしない」

小仏は、松本市内で営業していた快決社の内容を話した。

「では、前金を払っても、無駄ということですか」

小仏は、田代兄弟は松本にいられなくなって、札幌へ移ったのだといった。

「それは詐欺じゃないですか」

「そうです。もう一度、交善社へ行かれて、奥さんの行方をどうやってさがすかを、おききになったほうがいい」

有岡はまばたきをして、小仏の正体をきいた。

小仏は名刺を渡し、交善社の不正を暴くために張り込んでいたのだと説明した。

有岡は、あらためて小仏の名刺を見ていたが、秋子（あきこ）という妻の行方調査を引き請けてもらえないかと、真剣な表情になった。

小仏は彼を近くのカフェへ誘った。

「奥さんが出ていった原因に、お心当たりがありますか」

「心当たりはありません。普段どおりに家にいて、内職の編み物をしていたと思います。……十日ぐらい前ですが、深夜になっても帰ってこないので、もしかしたら家出ではと判断したのです。娘は、妻の家出の原因は私だと責めました。……私にはこれという趣味もないし、自宅と勤め先の会社を往復しているだけで、旅行にも観劇に連れていったこともなかったからです」

「奥さんのお知り合いなどに、連絡がなかったかお問い合わせをなさったでしょうね」

「はい。二、三人の友だちや、編み物の関係者に当たってみましたけど、消息はまったく……」

「奥さんは、札幌の方ですか」

「青森です。旧姓は北山(きたやま)で札幌の会社に勤めていて、私とは取引先同士で知り合いになりました。地味で、口数の少ない女です。娘に責められて何年も前のことを思い出しましたが、私は一度だけ妻と一緒に小樽へ行って、祝津まで舟に乗って、水族館を見学しました。夕方、小樽へもどってすしを食べました。そのすしが旨(うま)かったことを家内は思い出して、何度も話していました」

有岡は、ズボンのポケットからハンカチを取り出すと目にあてた。堅実で平凡なサラリーマンに見えた。

小仏は有岡と一緒に市役所へ行って、戸籍謄本を取ってもらった。謄本には首をかしげるような記載はなかったので、妻の両親の戸籍簿を取り寄せてもらった。すると妻の両親は四十代後半のときに女の子を産んだことになっていた。その子の名は「月夜（つきよ）」。秋子が有岡と結婚する二年前の誕生だ。

　小仏は秋子の両親の戸籍簿を見て、あることに気付いた。月夜は両親の子ではなく、結婚前に秋子が産んだ子ではないかと。秋子が産んで親戚にでもあずけていたのだろう。

　青森の親戚を辿った結果、月夜は現在、仙台の奥座敷の作並（さくなみ）温泉の旅館に勤めていることが分かった。

　小仏とイソは、夏の陽差しを恨みながら作並温泉を訪ねた。広瀬川（ひろせがわ）の川音を聞く奥岩（おくいわ）旅館に着いた。日暮れ前に湯に浸（つ）かった。お茶を運んできた中年女性に、若い女性が勤めているだろうが、その人の名は、ときいた。

「とてもいい名前なんです」

　中年女性は笑いながら、「月夜という名です」と答えた。

　翌朝、小仏は、日の出前、障子を開けて川音を聞きながら庭を見下ろしていた。ジーパン姿の若い女性が、庭を掃いていた。その女性をカメラに収めた。何度もシャッターを押した。そこへ中年に見える女性があらわれ、箒（ほうき）を持った若い女性と立ち話をした。二人の顔立ちはよく似ている。

　札幌へもどると小仏は有岡に会い、カメラのモニターを見せた。奥岩旅館の庭を掃いていたのは月夜という名の若い女性で、後から月夜に寄り添った女性は、有岡の妻の秋子だった。

「秋子がなぜ作並温泉へ……」

有岡はモニターを見ながら首をかしげた。

「北山月夜さんがいるからです」

「北山は、家内の実家の名字ですが」

有田は、妻がなぜ作並温泉にいるのかを、すぐには呑み込めないようだった。

3

東京亀有の小仏探偵事務所に一件の調査依頼があったのを、札幌にいる小仏にエミコから連絡があった。

小仏には何度も会ったことがあるという平塚姓の男が、予告なく事務所へやってきた。留守番のエミコは、「小仏は地方出張中です」といった。すると平塚は、「小仏さんがもどったら伝えてください」といって、エミコがテーブルに置いた便箋に、いくぶん乱暴な太い字で、

［中央区八丁堀四丁目近代ビル・江尻松五郎］

と書き、

「小仏さんがお帰りになったら、この人の経歴や正体を調べてください」

といって帰った。

エミコは小仏に電話で、

「所長よりからだがひとまわり大きい、平塚さんという男性がおいでになって、調査を依頼されました」

といった。

「平塚仁蔵だ。左の頬に傷跡があっただろう」

「ありました。縦に刃物で切られたような。大柄でしたし、怖い感じでした」

「十年ぐらい前まで、新宿署の暴力団対策本部にいた男だ。当時のチンピラは彼が出ていくと震え上がっていた。本名は平塚だが、鬼塚と呼ばれていた」

「では、所長より怖い人だったんですね。いまは、なにをなさっているんですか」

「私と同じで調査事務所をやっているが、彼が手出しをするのがまずい仕事があると、それを私にやらせるんだ」

　エミコからの電話をきいているあいだに、交善社から、紺のシャツにグレーのパンツの、三十代前半に見える中肉の女性が出てきた。小仏とイソはその女性の後を尾け、ビルの角を曲がったところで声を掛けた。女性はびっくりしたのか、白いバッグを胸にあてた。

　小仏は彼女に名刺を渡して、交善社に調査依頼をしたのかと低い声できいた。

「はい。困ったことがあったものですから」

「私たちは、交善社の事業内容に疑いを持ったので、調べています。あなたはどういう相談をなさったのですか」

　彼女は思いがけないことをきかれたからか、小仏とイソの顔を見比べる目をした。小仏は近くのカフェへ彼女を誘った。初めは脅えているような表情をしていた彼女だったが、椅子にすわると寄せていた眉を開いた。

　小仏は、コーヒーを一口飲んでから、

「お身内の方のことでも相談なさったのです

か」

ときいた。

彼女はうなずくと、同居している弟のことで交善社に相談したのだといった。

「わたくしと弟は、両親を病気と事故で亡くしました」

小仏は、「お気の毒に」というふうに頭を下げ、イソの顔に目を振った。ぼやっとしていたイソは急に肩に力を入れた。

「母は肺の手術を受けて入院していました。今年の三月の夜のことですが、急に容態が変わったと病院から電話がありました。父は自宅から、弟とわたくしは外出先から病院へ向かいました。その途中で、父は交通事故に遭いました。道路の信号のないところを横切ろうとしたのです」

「重傷だったのですか」

「意識がないまま救急車で……」

彼女はピンクのハンカチを鼻にあてた。

彼女と弟は、一晩のうちに両親を失ったのだという。

小仏は、固く目を瞑った。イソは腕組みすると横を向いた。

両親が死亡すると、保険金や事故の加害者からの見舞金などが手に入った。

大学四年生だった弟は授業に出なくなった。就職したわけではない。酒を覚え、真夜中に帰宅するようになった。どうやら好きな女性ができたようだった。姉の彼女は、浪費する弟が怖くなった。好きになった女性に金が要るといわれているようだった。

　そこで思い付いたのが、困りごと相談所の看板を出している交善社。弟がどのような女性と飲み食いしているのかを調べてもらうことにした。

「世間知らずのわたくしは、調査を依頼するのに手付金が要ることを知りませんでした」

「交善社の田代に、手付金をいくら要求されたのですか」

　小仏がきいた。

「とりあえず二十万円です」

「調査に日数がかかりそうだといわれて、調査料の追加を要求されるかもしれません。田代は、あなたが金持ちだとにらんだにちがいない」

　彼女の氏名は、七尾(ななお)すみれ、三十一歳で自動車販売会社社員。弟は海人(かいと)、二十三歳。

　七尾すみれと別れると、小仏とイソは交善社へ出入りする人が見える場所に立った。若い男が忙しげに走っていった。自転車に箱を積んでいく人がいた。落とし物でもしたのか、地面をさがすような恰好で歩いていく年配女性が、小仏たちの前を通った。枯れ葉のような色のワンピースの女性が美容院へ入った。

　小仏のポケットで電話が鳴った。二時間ばかり前に別れた七尾すみれからだった。

「小仏さんに調査をお願いしたいのですが、もう一度、会ってはいただけないでしょうか」

　小仏が了解すると、彼女は札幌二条市場近くのカフェを指定した。先刻、小仏たちと別れてから考えたにちがいない。

その店へ入ると、彼女は壁ぎわの席で手を挙げた。彼女の服装は薄いブルーのワンピースに変わっていた。

「弟の海人が、どんなところで飲んだり食べたりしているのかを。……わたくしは、弟がお酒を飲むのを知りませんでした」

彼女は海人の素行を調べてもらいたいといって写真を取り出した。目鼻立ちのはっきりした好男子だ。

「海人さんは、この時間にどこでなにをしていますか」

小仏は海人の最近の日常をきいた。

「わたくしが会社へ行くために家を出るとき、弟は寝床にいます。何か月も前から、朝食を一緒にしたことはありません。何時ごろ起きるのか、わたくしが作っておいた朝食を食べて、夕方になるのを待っているような気がします。さっき家に帰ったら、ぼんやりとテレビを観(み)ていました。まるで日暮れを待っているようです」

小仏とイソは、すみれと一緒にタクシーに乗った。彼女の自宅は豊平橋を渡った月寒(つきさむ)通りだという。

彼女の自宅の七尾家は、レンガの塀で囲まれていた。二階の窓には灰色のカーテンが張られていた。

いったん家に入ったすみれは、すぐに外へ出てきて、

「弟は家にいます」

とだけ告げてドアの内へ消えた。小仏とイソはタクシーに乗って、張り込みをつづけること

にした。

　陽が沈んだ。頭上の白い雲が茜色に染まった。なまぬるい風が車窓を撫でたとき、門のくぐり戸が開いて、色白の男が出てきた。七尾海人だった。彼は紺の上着を腕に掛けてゆっくりと歩いた。小仏とイソが乗っているタクシーは、ゆっくりと海人の後を尾けた。
　四、五分歩いたところで、海人は後ろから走ってきたタクシーを拾った。彼がタクシーを降りたところは、すすきのの市電の停留所前。信号を渡ると、ビルの二階の料理屋へ入った。
　十分ほど経ってから小仏が料理屋の中をのぞいた。海人は二十代後半に見える赤い髪をした女性と向かい合っていた。彼の前にはビールのジョッキがある。女性はジョッキを口にかたむけていた。酒場勤めの女性のようだ。

　一時間あまり経って、海人と女性は料理屋を出てきた。女性は瘦せぎすで、身長は一六〇センチ見当。踵の低い白い靴を履いていた。

「畜生。バカ野郎」

　イソは、一五、六メートル後ろで、海人の背中に向かって唾を吐くように叫んだ。

　海人と女性は交差点を渡った。女性が海人の腕を摑んだ。二人はビルの二階のスナックらしい店へ入った。女性が働いている店なのかどうかは分からない。

　一時間半後、海人と女性が出てきた。海人はよろけて壁にもたれた。女性は店の従業員でないことが分かった。海人の歩きかたは怪しいが、彼の腕を摑んでいる女性の足はしっかりしている。

　二人はタクシーを拾った。鉄道線路を渡ったところのラブホテルへ入った。イソは癇癪を起こしたように、道に転がっている空き缶を拾うと、ホテルの塀に投げつけた。

　二人がホテルを出てきたのは午前一時半。イソがコンビニで買ったコッペパンにかじりついたときだった。海人と女性はタクシーに乗った。女性は、北海道大学植物園近くのマンションの前で降りた。海人が自宅に着いたのは午前二時半。彼はよろけながらくぐり戸に頭を突っ込んだ。

　小仏とイソは、自動車販売会社に勤めている七尾すみれに、昼休みに会った。昨日の日暮れどきから、真夜中までの海人の行動を報告した。

ハンカチをにぎったすみれは、「恥ずかしい」といって顔を伏せて唇を嚙んだ。両親が不幸な目に遭わなかったら、来春、大学を卒業できたのにと、口惜しげにいった。

　彼女は、あくびをこらえているようなイソを見ながら、

「ご苦労さまでした」

といい、茶封筒を小仏の前へ差し出した。

あとで封筒の中身を見ると、三十万円入っていた。

　小仏は、平塚仁蔵が調べて欲しいといって、エミコにメモを置いていった男のことが気になったので、ひとまず東京へもどることにした。

4

平塚仁蔵が書いていったメモを、エミコが小仏の前へ置いた。

［中央区八丁堀四丁目近代ビル・江尻松五郎］

古風な名だ。職業が不明なので、それを小仏に調べろというのだろう。平塚は自分で調べたかったが、彼が動くと江尻という男に知られてしまうからではないか。

小仏は、近代ビルを管理している会社を訪ねて、宮本という腹の突き出た男に会った。

「江尻という人には、十五年前に近代ビルの四階の一室を貸しました。エイエムコンサルタントという名称の会社で、社員が七、八人いました」

「どんな事業の会社でしたか」

「中小企業の経営者向けの雑誌を売っていたようです。しかし業績がよくなかったのか、三年ぐらいでその事業をやめて、不動産業に転向しました」

「不動産業……」

「都内と近郊の古民家を買い上げ、古くなっていた建物を壊して、更地にして売るという事業です」

「成功しましたか」

「成功したか失敗したかは分かりませんが、三、四年でやめてしまったようです」

「社員がいましたか」

「三、四人いたようです」

小仏はメモを取って、

「それから」

と宮本を促した。

「その後はどういう事業をしているのか分かりません。江尻さんは練馬区に住んでいましたが、そこを引き払ったのか、事務所で寝起きするようになりました。一時は社員が七、八人いた事務所ですからそれなりのスペースが。床に布団を敷いて寝ているんでしょう。食事もそこで作っているらしい」

「家族は」

「家族らしい人の姿を見たことがありませんし、来客も見ていません。家賃は毎月銀行へ振り込まれているので、その点は心配ありませんが、事業のほうはどうなのか」


宮本は首をかしげたが、二百メートルほどのところにサウナを兼ねた銭湯がある。そこへ行って、夏はシャツの胸をはだけた姿でもどってくる。その銭湯の近くに焼き鳥屋とおでん屋があるが、江尻は両方の店へ行って、ビールを飲んでいることがある。

「江尻さんは何歳ですか」

「七十をいくつか出たところでしょう。肌艶はよくて、丈夫そうです」

現在はどんな仕事をしているのかをきいたが、宮本は分からないといって首を横に振った。

江尻松五郎はオフィスビルに独りで住んでいる。家族がいるのかいないのか。小仏は、江尻が以前住んでいた練馬区桜台の住居を見に行った。

そこはかなり年数を経ている木造二階屋で、玄関の柱には「江尻」の表札が貼り付いていたが、人は住んでいないようだ。表札だけが松五郎の家族のようだ。

小仏は、その家を撮影すると警視庁の安間に電話して、江尻松五郎の住民登録を見てもらった。

一時間後に回答があった。松五郎は七十二歳。公簿上は練馬区の家に住んでいることになっている。

妻は春子（はるこ）・六十九歳。長女朋子（ともこ）は酒田浩（さかたひろし）と結婚し、子どもが二人いる。次女明江（あきえ）は古川正人（ふるかわまさと）と結婚して、子どもが二人。住所は練馬区中村北（なかむらきた）。住民登録で見るかぎり妻の春子は長女の家族と同居していることになっている。

小仏は、調べて分かったことを、鬼塚こと平塚仁蔵に電話で報告した。

「江尻松五郎は、事務所を自宅がわりにしているけど、事業は不明なんだ」

小仏はいった。

「江尻には二か月か三か月おきぐらいに、厳重に梱包（こんぽう）された白い箱が、東南アジアから送られてきているらしい。彼がその箱をどこへ運んでいくのかを、調べることにしている」

「中身はなんだろう」

「白い粉だろう」

平塚は、調査料を振り込むといって口座番号をきいた。

平塚との電話を切ったところへ、南青山の高梨千鳥が電話をよこした。その話し方はまるで息切れしているようだった。小仏は危機感を覚えて受話器をにぎり直した。

「父が、父が行方不明なんです」

高梨清次のことだ。

「父は一昨日、北海道へ行くといって家を出ました。出がけに、どこへ行っても、日に一度は電話をするようにとわたくしはいったのですが、出発した日も、きのうも、電話がありませんでした。それで先ほど、わたくしが電話をしました。すると、すると、父の電話は、使われていない番号というコールが……」

彼女は悲鳴のような声を出した。

「それはおかしい」

小仏はそういって、首を左右にかたむけ、清次の番号へ掛けてみた。千鳥のいうとおりだった。小仏の頭の中で赤い光が回転した。

「清次さんは北海道のどこへ」

小仏はきいたが、彼女は分からないと答えた。

北海道ときいて思いあたるのは、田代修治と唯民がいる札幌だ。清次と親交のある立科夏子も、二人の兄がやっている交善社の手伝いでもしているのか、出入りしていた。

いったん電話を切った千鳥だったが、再度電話をよこし、

「落ち着いていられません。胸騒ぎがします」

と、小仏にすがりつくようないいかたをした。

「清次さんは、家族に断わりもなく電話番号を変えた。彼の身に重大なことが起こったのか

も」

　小仏はつぶやくと、札幌へ行くことをイソとエミコに伝えた。イソはロッカーから旅行鞄を取り出した。札幌行きの航空便は一時間に一便の間隔で運行されている。小仏とイソは、鞄を抱えるとタクシーに飛び乗った。

　二人は、十八時三十分の便に乗ることができた。座席に着くとイソは窓に額を押しつけて、暮れかかる空港の赤い灯を見つづけていた。この便は二十時に新千歳に着く。小仏はネオンのきらめくすすきのの風景を思い浮かべた。

　イソは列車に乗ると時刻に関係なく弁当を膝に置くが、飛行機の場合は、飲まず食わずで窓に張りついている。今回もそうだった。

　札幌に着いた。交善社の灯り（あか）は消えていた。田代兄弟の住所は知らない。知っていたとしても夏子は同居ではないだろう。

　小仏は、夕食のために入った料理屋から高梨家へ電話した。清次から連絡があったかを千鳥にきいた。が、ないという返事だった。彼女の声は凍えているように細く小さかった。八十歳近い父親が、北海道のどこかで、思いがけない出来事に出合って、窮している姿を想像しているらしかった。

　翌早朝、小仏はホテルの部屋でテレビを観ていた。ニュースになった。「昨夜十時ごろ、市内南一条通りのマンションにいる高齢男性から一一〇番通報があり警官が駆け付けてみると、布団の中で女性が死亡していた。女性の首には鬱血痕が認められたことから、男性を追及。男性は女性を殺害したことを認めたので、事情をきいたうえで逮捕した。女性は立科夏子さん三十六歳。男性は東京都港区の高梨清次、七十九歳。両人は、二年あまり前から交際をつづけていたもよう」

「しまった。遅かった」

　小仏は唇を噛んだ。

　札幌へ、清次の娘の千鳥が長男とともにやってきた。二人は警察署の冷たい部屋で、立科夏子に合掌した。そのあと取調室で首を垂れていた清次に会った。清次は、娘と孫をちらりと見たが、顔を伏せて背中を向けた。

　清次は、立科夏子にせがまれて、約二千万円を注ぎ込んだと取調官に語ったという。

　小仏は、ミラー越しに取調室にいる清次を見たが、実年齢よりいくつも上に見えた。なぜ殺したかについては、嘘を並べる夏子が急に憎くなった、と語ったという。

　警察は、立科夏子が住んでいたマンションの室内を調べた。その部屋には家具らしい物はなかった。押入れから白い木箱を見つけた。厚い本が一冊入っていた。本の下は一万円札。それを数えると千五百万円あまり。

　小仏は、夏子の事件がどのように影響しているかを知りたくなって交善社を訪ねた。田代修治は暗い顔をして嫌悪感をあからさまにした。

「ここはお客さまを迎えるところ。そのほかの人はお断りです」

修治は小仏を追い出すように腕を振った。

「立科夏子さんは、男を騙して金をため込んでいた。あなたはそれを知っていましたか」

「知りません。あんたはなにをいいにここへきたんですか」

「交善社の開店資金を、彼女に援けてもらったんじゃないかと思ったんです」

「妹に援助なんか」

「夏子さんは、こちらの事業というか、善良な人を騙す稼業に、参加していたんですか」

「人を騙す稼業とは、耳ざわりないいかただが」

「行方不明になっている人の居どころをさがすと称して、手付金を受け取るが……。松本でそれをやっていたが、長続きはしなかった。札幌へきてから、何人ぐらい騙したんですか」

「帰ってくれ。営業妨害だ」

修治は拳をかため、目尻を吊り上げた。

小仏は、鼻歌でもうたうような表情をして道路へ出た。交善社の看板の前には四十代半ば見当の女性が立っていた。交善社へ入ろうかを思案している人のように見えた。

小仏は、道路の反対側から女性を観察していた。

警察の黒い車がとまって、中年の男が二人降りると交善社へ入っていった。殺害された夏子の事件を調べている捜査官のようだった。

中年女性は警察官を見たからか、交善社の前から去っていった。小仏はその人の後を追って声を掛けた。女性は、大柄な男に呼びとめられたからか、買い物袋を胸にあてた。

「交善社の看板をご覧になっていたので」

小仏は低い声でいうと、女性に一歩近寄った。

「何日か前から、あそこを通るたびに、入ってみようかと迷っていました」

小仏は女性に名刺を渡して、困りごとがあるのかときいた。女性は小仏の顔を吟味するように見てから、東京の探偵社の人が、どのような用事で交善社を訪ねたのかときいた。交善社は目下、取り込み中なのだ。それで警察官が訪ねたのだと説明した。

「あなたは、交善社に、どのようなことを相談するつもりだったのですか」

彼女は首をかしげてから小さい声で、「息子のことです」といった。

小仏はうなずくと、四、五十メートル先のカフェを指さし、店の中で話をききたいといった。イソは、交善社の隣のビルの壁に張り付いている。

女性は、生田実麻と名乗り、住所は北一条の北海道母子福祉センターの近くだといった。

「息子は二十二歳で、会社員で高志という名です。高志は会社の同僚と飲みに行った店で働いている、和世という女性を好きになりました。ただ好きになっただけではなく、夢中になって、土曜日は彼女の住まいへ行って泊まり、日曜の真夜中に帰ってくるようになりました。……彼女は高志より二つか三つ歳上です。……彼女と一緒に食事をしたり、飲んだりでお金が要ります。会社の同僚や友だちからお金を借りるようにもなりました。……わたしは和世さんに二度会いましたけど、好きにはなれませんでした。高志がお金を使うのを平気で見ているようなんです。……それで、高志が和世さんと別れる方法はないものかを、交善社に相談しようと思っていました」

彼女は、合わせた手の指をさかんに動かしながら話した。

「お宅のご家族は」

小仏がきいた。

「娘が一人います。高志より二歳上で、会社に勤めています」

実麻はそういうと目を伏せ、「主人は」といって、バッグからハンカチを取り出した。

「主人は五年前に、長野県の山に登って、雪崩(なだれ)に巻き込まれて亡くなりました」

小仏は、目を瞑って頭を下げた。

「わたしは店員をして働いていますけど、高志がお金を使うようになってから、生活は楽でなくなりました」

彼女の目は、高志が和世と別れる方法はないものか、といっていた。

小仏は腕組みして、瞳を一回転させると、カフェの前を行ったり来たりしているイソを手招きした。生田実麻の困りごとをイソに話し、高志と二十四、五歳の和世を別れさせる方法はないものかと話した。

「和世という女の住所は」

イソは宙の一点に目を据えた。

小仏は実麻に、和世の住所を知っているかをきいた。

「豊平川のでんでん大橋を渡ったところの、クラークというマンションの三階です」


その日の夜の九時ごろ、小仏とイソはすすきののカニ料理の店で、カニのアシをほじくっていた。そこへ、生田実麻から電話があった。

「先ほど高志が帰ってきましたけど、まるでボロ雑巾のように疲れ果てて、横になってしまいました。わたしがなにをきいても答えませんでしたけど、しばらくして一言、彼女がいなくなったといって、大粒の涙を……」

実麻は口に手の平を当てたようだった。

第六章　善光寺参詣

1

「この世には、歩いていい道と、歩いてはいけない道がある」

　小仏は、レンタカーのハンドルをつかんでいるイソの横顔をちらりと見て、つぶやくようにいった。

「なんだよ、急に。偉い坊さんか、神父さんみたいな顔をして」

「おまえは、ちょっとしたはずみで、歩いてはいけないほうの道へ踏み込みそうだ。田代兄弟を眺めていて、うまいことを考えたものだと思ったことが、何度かあるだろう」

「あるけど、同じことをやってみたいと思ったことはない。……なんだよ、急に。説教のつもり」

「そうだ。おまえのしまりのないツラを見てると、堕落の道へ転がっていきそうな気が……」

　小仏とイソは、きょうはレンタカーを調達して、交善社を張り込んでいる。交善社の看板を見て足をとめるのは女性が多い。家庭を持つと女性は、本能的に家と家族を守ろうとする。だから「困りごと相談」に関心を持つし惹き付けられるのだろう。

朝は曇っていたが、秋の風が白い雲を浚(さら)って札幌の街は明るくなった。交善社へは六十代見当の女性が入っていったが、十分ほどすると田代兄弟と一緒に道路へ出てきた。兄弟は女性の後を小走りに追っていった。なにか重大事が発生したように三人は路地へ入った。女性はさかんにだれかを呼ぶように叫んでいる。その声は、「ゆり」「ゆりちゃん」と呼んでいる。田代兄弟も「ゆり、ゆり」と呼んでいた。女性の呼び声は泣き声に変わった。

路地に顔を突っ込んだ小仏は「ゆり」の正体に気付いた。猫だ。猫が家を飛び出したのだろう。猫は自宅にもどる道が分からなくなったにちがいない。

小一時間経った。路地奥に置かれていた自動車のタイヤの内側の鳴き声をききつけた兄弟が、「ゆり」を発見した。子猫だ。女性は白い猫を抱き上げると頰ずりした。涙をためた目は安堵(あんど)の色に変わっていた。

小仏と田代修治は、陽の差さない路地で鉢合わせをした。

「あんたは、なぜここに……」

修治は目尻を吊り上げた。

「あんたと同じことをしていたんですよ」

小仏がいうと修治は、「ふん」と鼻を鳴らして事務所の中へ消えた。修治の後ろに立っていた唯民の目は、猫の目のように光っていた。

猫さがしをした次の日。白い雲が灰のような色に変わった午後、田代修治と唯民は黒いスーツ姿で交善社に入った。高梨清次に殺された妹の立科夏子を葬ってきたようだった。田代兄弟は、急に色を変えた空を仰いだにちがいない。

小仏とイソが東京へもどった三日後、札幌の交善社の看板が失くなったという情報がビルのオーナーから入った。田代兄弟は夜逃げをした。前日の夕方、屈強な男が三人、交善社へやってきて、「札幌で詐欺行為をされては迷惑」と怒鳴り散らした。その男たちは、「札幌の夜の警察」と呼ばれている谷崎八千吉の配下らしいという。

「田代兄弟は夜逃げ。外国へ行くわけはないよね」

イソは天井を向いた。

「どこかで、同じ商売を始めると思う」

小仏は、兄弟の顔立ちと体格を目に浮かべた。二人とも中背で器量がいい。兄の修治には精悍な印象がある。

「大阪か福岡で、同じことを」

イソだ。

「東京で始めるかも」

「東京か。東京は人口も多いが、ヘンな人もいる」

「おまえのようなヘンなやつも、数えきれないほど」

「人を騙して金を取る。やってみると快感なのかもしれない」

「人にうまいことをいって金を取る。おまえではやれない」

「バカにしてるのか、ほめてるのか」

イソは口を尖らせた。

　思いがけない人から小仏に電話があった。秋田犬を飼っている井島沙奈枝だ。長野県内の各地でレストランを経営している信州東堂の社長の娘だ。

「きのう、大門町を歩いていたら、ビルの前に新しい看板が出ているのを見かけました。どんな商売なのかと思って近づいてみると、社名の下に、困りごと相談とありました。以前、松本に同じような看板を出していた会社というか事務所があって、それをやっていた田代さん兄弟は夜逃げをしたと、きいたのを、思い出しました。田代さんは悪いことをするような人には見えませんでしたけど」

「長野市の大門町といったら、善光寺への表参道沿いでは」

「そうです。善光寺さんへの参詣者が大勢通るところです」

　小仏は、困りごと相談所の社名をきいた。

「照栄社（しょうえいしゃ）とありました」

　そこは間違いなく田代修治と唯民が経営する事務所だ。詐欺、ごまかしのインチキ商売をする事務所だ。田代兄弟は札幌から姿を消した。どこかでまたインチキ商売を始めるのではとみていたが、長野市でとは意外だった。困りごと相談所という名称に惹かれて、仕事を頼む人たちがいる。その人たちは、手付金詐欺の被害者になる。

「井島さんは、田代兄弟と親しかったのではありませんか」

「特に親しかったわけではありません。前にもお話ししたと思いますが、田代修治さんは松本の城北ホテルに勤めていて、わたしは仕事の関係で、そのホテルを訪ねる機会がありました」

「あなたは、田代兄弟に、たとえば人さがしなどを頼んだことは」

「ありません。わたしの知り合いには、居どころが不明になった人などいませんので」

小仏は、長野市へ行って、照栄社に困りごとを相談した人から話をきいてみたくなった。不正行為があるとしたら、田代兄弟に自粛を促すつもりだ。

「早いほうがいいよ。一日延ばせば、それだけ被害者が多くなる」

イソは鼻毛を引き抜いた。


次の日、小仏とイソは新幹線で長野へ向かった。金沢行きだが、長野で降りた人は多かった。長野駅前からの中央通りは、善光寺表参道とも呼ばれている。地方から来たらしく旅行鞄を持っている人が何人もいた。

「あそこだ」

中央通りを一本西へ入った通りで、イソが照栄社の看板を指さした。社名の下には、「困りごと相談。お気軽にどうぞ」と黒い文字が並んでいた。

小仏とイソは、照栄社の看板の前を行ったり来たりし、倉庫のようなシャッターを下ろした建物の前に立って、照栄社の看板をにらんでいた。

一時間ばかり経つと、四十代後半か五十歳ぐらいに見える女性が道路へ出てきた。照栄社を訪ねた人のようだった。

小仏はその女性に近寄った。冷たい感じの上品な顔立ちの人だ。照栄社を訪ねたのではときくと、小仏の顔を見直して、そうです、と不機嫌そうに答えた。

「照栄社の実態を調べている者です」

小仏は女性に名刺を渡し、照栄社に相談事を持ち込んだのかときいた。女性は、どう話そうかを迷っているふうだったが、

「調査をお願いしました」

と、低い声で答えた。

「調査とおっしゃいますと」

「主人のことです。照栄社に調査を頼んだのに、なんの報告もしてもらえないので、どんな具合かをききに行きました」

「どんな答えでしたか」

「主人は、何人かとお酒を飲んでいるだけという報告でした。田代という人の話をきいていると、主人がどこで、どういう人とお酒を飲んでいるのかを、調べていないのではと疑うようになりました。これからは、ちゃんと調べて、報告してくださいといってきたんです」

「照栄社は、調査を依頼されても、それを実行していないのです」

「それは詐欺じゃないですか。……前金を払ったのに」

彼女は、にぎった拳を上下させた。摘まんだままでいた小仏の名刺を見た。

「小仏さんは、人の行動の調査を……」

「しています。それが仕事ですので」

彼女は、小仏の全身を見るような目をしてから、照栄社の報告は信用できないので、小仏に調べてくれないかといった。小仏は、依頼されれば調べる、と答えた。

彼女はあらためて古林春代（ふるばやしはるよ）と名乗り、住所は長野市若里（わかさと）だといった。

彼女の夫の古林建造（けんぞう）は、長野市内の工具メーカーの専務。三か月ばかり前から土曜の明け方に帰宅するようになった。

小仏とイソは金曜の夕方、日没を待って、古林建造が勤務している長野市小柴見（こしばみ）の村崎（むらさき）製作所の門が見えるところに車をとめた。レンタカーを使うことにした。古林春代から従業員は百人ぐらいときいている。製造している物がちがうのか、平屋の工場は二棟に分かれている。門に近い事務棟は二階建てだ。頭に突き刺さるような金属性の音がしていたが、午後六時、その音が止（や）んだ。十分もすると、二棟の工場から従業員が二人、三人と出てくるようになった。

専務の建造は事務棟にいるような気がする。二棟の工場から吐き出される従業員の中には女性もまじっていた。

小仏は、春代からあずかった建造の写真をあらためて見て、顔の特徴を頭にしみ込ませた。建造の身長は約一七〇センチで痩（や）せぎすだという。右目の横にホクロがある。

ほとんどの従業員が工場を去った午後七時過ぎ、事務棟からグレーの上着に鞄を脇にはさんだ五十歳見当の男が出てきた。その男は二棟の工場を外から見て、門の外へ出てきた。

「古林だよ」

イソがいった。小仏はうなずいた。

古林が門の外に立って約三分、流してきたタクシーに乗った。タクシーは相生橋（あいおいばし）を渡って長野駅方面へ向かった。尾行すると信号を二つ越えた商店街でタクシーを捨てた。ガラス窓に白い障子を映している料理屋へ入った。高級店のたたずまいだ。

「畜生。旨い物を食うんだろうな」

イソは地面を蹴った。

「コンビニをさがして、パンでも買ってこい」

「おれたちの夕メシは、コンビニのパン」

イソはそういうと駆け出した。

小仏は、店内をのぞいた。テーブル席が三列に並んでいた。古林は、壁ぎわの席で女性と向かい合っていた。どういう筋の女性かを吟味したかったが、のぞいただけにした。

イソは、コッペパンと餡（あん）パンと水を買ってきた。空腹だったからか、イソは文句をいわずコッペパンに嚙みついた。

古林は料理屋へ入って一時間半、女性と一緒に出てきた。女性は三十歳見当で色白で瘦せている。紺の地に白い縞（しま）のワンピースを着ている。古林に何度も笑顔を向けて歩き、ピンクと紫のネオンで照らしているビルへ入った。「桃園」というバーだ。女性がその店で働いている人なのかどうかは分からない。小仏とイソが張り込んでいるあいだに、男の三人連れが入り、男の二人連れがその店を出ていった。

古林がその店を出てきたのは午後十一時半。

彼は電柱に寄りかかった。五分もすると女性が出てきた。一緒に食事をして、一緒にバーへ入った女性だ。女性は古林に腕をからませた。走ってきたタクシーに乗った。小仏とイソは、古林と女性が乗ったタクシーの後を尾けた。

「ホテルへ行くのかな」

イソがいった。

古林と女性がタクシーを降りたところは、柳町中学の北側で町名は三輪。二人はわりに大きなマンションへ入った。

「女の住まいか」

イソがいった。

古林と女性がエレベーターに乗ったのを見て、どの階かを確かめた。三階だと分かった。三階へ上がって、灯りの点いている部屋をさがした。小さな窓に灯りが点いている部屋を確かめると、エントランスの郵便受けの名札を読んだ。女性の住まいにちがいない部屋のポストには、「柳沢」の名札が入っていた。

日付が変わった。白い雲がゆっくりと西へ流れていた。

2

昨夜、古林建造は何時に帰宅したかを、妻の春代にきいた。

「きょうの午前四時過ぎでした」

古林は、柳沢という女性の部屋で三時間あまりを過ごしていたらしい。

「やっぱり女だったんですね」

春代は唇を曲げた。腹の中は煮えくり返っているようだが、それ以上は言葉にしなかった。

小仏とイソは東京へもどった。古林春代からは調査料が振り込まれていた。彼女の夫の建造は、毎週金曜に柳沢姓の女性と夕食を共にして、そのあとバーで飲み、それから彼女が住んでいるマンションへ行って、数時間を過ごしている。それは毎週のことで、妻は、夫の女性関係はそう長くは続かないだろうとみていたらしいが、その予測はあたっていなかった。

小仏とイソが古林の夜の行動を調べて、約半年が過ぎた三月下旬の昼少し前、春代が電話をよこした。

「夫が帰ってきません」

毎週、夫の建造は土曜日の明け方に赤い目をして帰宅するのだが、今日は帰ってこなかった。小仏の頭に不吉な予感がはしった。

それから二時間ばかり経って、また春代が電話をよこし、

「胸騒ぎがするものですから、柳沢という女が住んでいるマンションをのぞきに行きました。そうしたら柳沢は、三日前に引っ越したことが分かりました。どこへ転居したかは分かりません。柳沢という女の名はつぐみでした」

春代の声はとげとげしい。

「ご主人は、金曜日には出勤していましたか」

「いつもと同じように出勤していました」

建造は、いつも金曜日は会社へ出勤し、終業

後、柳沢つぐみと食事をして、桃園というバーへ飲みに行き、そして夜中に彼女が住んでいるマンションの部屋へ行って、何時間かを過ごしていたが、そのリズムを狂わせた。彼女が転居したので、建造はそこを訪ねることができなかったのではないか。

小仏は、「きょう一日、待ってみましょう」といって電話を切った。が、日曜になっても建造は帰宅しなかった。彼のケータイは使われていない番号になっていた。

小仏はイソを連れて、月曜の朝、長野へ行って春代を自宅へ訪ねた。白木の門を入ったところに、細かい葉のバラの木と小さな実をつけるナツグミの木が緑の葉を広げていた。玄関の前には蝶（ちょう）のような大きい耳のパピヨンがいた。黒い毛におおわれた目は知的だ。

夫婦には子どもがいないことを知った。

建造は、日曜にも帰宅しなかった。月曜のけさは会社から電話があって、「出勤しないが、体調でもよくないのか」ときかれたという。

春代は、「夫は女性のところへ行ったと思う」とはいえないので、体調がすぐれないので病院へ行った、と答えたという。

夜になった。小仏とイソは、建造とつぐみが飲みに行った桃園を訪ねてママに会った。

「つぐみは辞めました。ほかの店へ移るのってきいたら、しばらく夜の勤めはしないつもりといっていました」

「古林さんと親しくしていたようだったが」

ときくと、そのようだった、とママはいった。

住んでいたところを引っ越したがというと、

「それは知りませんでした」

といった。つぐみのケータイも通じなかった。

ママの話で、つぐみの出身地は名古屋だという。

月曜の夜は更けたが、建造は帰宅しないし、電話もなかった。

「もう一日待ってみよう」

火曜の朝、小仏はホテルでイソにいった。

「思ってもいなかった結果になったね」

イソは眉を寄せた。

古林建造は従業員約百人の会社の専務の職を棄てたのか。同時に家庭も放棄したようだ。酒場の女性と親しくなって、毎週末、一緒に飲み食いし、懇ろにしていたが、二人は思いがけない方向へと発展した。彼は柳沢つぐみと一緒に暮らすことにしたのではないか。現在の彼は五十歳。事の分別のわきまえがありそうだが、燃え上がった恋を鎮めることはできなかったのか。

二人は信州を去り、身内の想像がおよばない、遠くはなれた土地で暮らすことにしたのだろうか。

小仏は、桃園のママの話を思い出した。つぐみは長野へくる前、小布施町の菓子店に勤めていたことがあったという。

「小布施か」

小仏がつぶやいた。

「遠いの」

「いや、車で一時間ぐらいだと思う」

「菓子店というだけで、その店が分かるかな」

小布施町へ行ってみようとなって、レンタカーを調達した。リンゴ園の多い須坂市を通過して小布施町に着いた。長野県内で北信の小布施町は有名だ。葛飾北斎の記念館があるからだ。それと、小さくまとまったきれいな町である。小布施栗が広く知られている。

　小布施駅近くのウインドーに栗羊羹を並べている菓子店で、柳沢つぐみという女性が勤めていたかを尋ねた。女性店主が出てきて、

「その人が勤めていたのは枡家さんだと思います」

　といった。この小布施町には、和菓子屋が何店もあるが、桝家はもっとも古いという。

　その店は北斎記念館のすぐ近くだった。白衣を着た若い女性店員が外を向いて立っていた。以前、柳沢つぐみという女性が勤めていたらしいがときくと、若い店員は奥へ引っ込んだ。

　体格のいい女性店主が出てきて、

「柳沢つぐみは、うちに三年ばかり勤めていました」

　といい、つぐみのなにを調べているのかをきいた。

　つぐみは、長野市内の桃園というバーに勤めていたが、その店を最近辞めた。辞めただけではなく、五十歳の男性と恋仲になって、どこかへ消えた。その男性には妻がいる、と話した。

「駆け落ち……」

　女性店主は古い言葉を使った。

「わたしは、つぐみの伯母なんです。実家は名古屋です。つぐみはここを辞めて長野へ行きました。つぐみは、北斎館の建て替え工事にきて

いた建設会社の男性と知り合って、隠れるようにして会っていました。北斎館の工事が終ると、男性は引き揚げていきました。あとで分かったことですけど、つぐみはその人の後を追っていったようでした。長野で暮らしているようでしたけど、電話も手紙もよこしません。ですので、長野のどこに住んでいるのかは知りませんでした。……名古屋の実家へは、年に一度は帰っているようでした。長野ではバーに勤めていたのを、小仏さんの話でいま初めて知りました。建設会社に勤めていた男性とは、とうに別れていたということでしょうね」

　女性店主は、白衣の裾を摘まんでいった。つぐみの行き先については、見当もつかないようだった。

　小仏とイソは、わざわざ小布施へきたのだからと、北斎館を見学した。観光バスが着いて、大勢が北斎館へ入った。

　長野市へもどると、古林春代の自宅を訪ね、柳沢つぐみの過去を話した。

「いつになるかは分かりませんけど、主人は痛い目に遭って、もどってきそうな気がします」

　春代は顔を伏せるようにして、低い声でいって、唇を噛んだ。

3

　小仏とイソは、午前中から照栄社の出入口をにらんでいた。踏み潰しそうな小型犬を三匹連れた女性が通った。

午前十一時過ぎ、頭を丸坊主にした細身の少年が照栄社へ入った。その少年は十五、六分後に出てくると、照栄社のドアと看板をにらみつけるようにした。それから五、六歩進むと、また看板を振り返った。その動作が異様だったので、小仏とイソは彼に駆け寄った。

「いま、照栄社を出てきたね」

小仏が少年の前に立った。十六、七歳の少年は驚いたように長身の小仏の顔を見上げた。

「警察の人ですか」

少年がきいた。

「いや」

小仏は首を横に振った。

「あんたはいま、照栄社を出てきた。どんな用事であそこを訪ねたの」

澄んだ目をした少年にきいた。

「姉のことを話しに……」

「姉さん。……姉さんがどうしたの」

「一昨日(おととい)からいなくなったんです。それで照栄社へ相談に」

少年は語尾を消した。瞳が光っている。

「照栄社では、田代という人に会ったんだね」

「はい。困りごと相談て、看板に出ていたので」

「田代という人は、なんていった」

「姉をさがしてもらいたいっていったら、お金はあるのかってきかれました。お金なんか持っていなかったので……」

「金のない人の仕事は、請けられないっていわれたんだね」

少年はうなずいた。田代に冷たくあしらわれたのが悔しかったらしい。

「あんたの話をききたい」

小仏は少年に名刺を渡して、名前をきいた。

「入新井雅人（いりあらいまさと）です」

「けさ、ご飯を食べたか」

「パンを食べました」

住所をきくと、県立大学の近くだと答えた。町名は三輪八丁目だ。

「高校生だね」

「はい。二年生です」

「きょうは、学校を休んだのか」

小仏はイソに食事のできる店をさがさせた。イソは、そば屋を見つけてきた。三人は天ぷらそばを頼んだ。

「あんたの姉さんは、何歳」

小仏が雅人にきいた。

「二十二歳です」

「学生……」

「いいえ。玉川（たまがわ）電子という会社に勤めていました」

高校を出て入社した会社だという。

「両親は」

「父は、ぼくが中学三年のときに、病気で亡くなりました」

雅人は、ズボンのポケットから白いハンカチを出すと目にあてた。そのハンカチは汚れている。

「母は……」

雅人はにぎったハンカチで目を拭うと胸にあ

てた。彼はまた、「母は」といって、ハンカチを口にあてた。

「母は、今年の一月、いなくなりました」

「いなくなった……。どこかに勤めていたの」

「中央病院の近くの料理屋さんに勤めていました」

雅人は苦しそうな息をして、途切れ途切れに話した。

美佐子（みさこ）という名の母は、一月の半ば、雅人の姉の清花（さやか）と雅人に置手紙をして家を出ていった。前の晩、勤め先から帰ってきて、台所でペンを持ったらしかった。手紙には、ご飯の炊きかたから煮物のつくりかたまで、細かく書いてあった。朝飯にはかならず味噌汁（みそしる）と梅干を添えることも書かれていた。だが、どこへなんのために出ていくのかは書かれていなかった。

清花は勤務先へ、雅人は学校へ、休むことを伝えた。二人は、母の置手紙を摑んで、彼女が勤めていた料理屋へ駆けつけ、「朝、起きたらいませんでした」といった。料理屋の夫婦は顔を見合わせたが、美佐子がどこへ、なんのために出ていったのかは分からないようだった。夫婦は清花と雅人を警察へ連れていき、行方不明者届を出した。警官は料理屋の夫婦に、家出の心あたりをきいたが、夫婦は首を横に振った。

清花は、母の知人を訪ねて事情を話したが、「心あたりがある」といった人はいなかった。

雅人は毎朝、父の位牌（いはい）に向かって、「きょうは母から電話がありますように」と、手を合わせている。母はケータイの番号を変えていた。娘と息子の声をききたくない、といわれているようで、寂しさが募った。

「お母さんからは、いまも」

小仏がきいた。雅人は首を振った。

「姉さんは、一昨日からいなくなったが、たとえばその前日、なにか変わったことをしていたとか、妙なことをいったとか」

「いいえ。いつもと同じように、会社へ行きました」

一昨日の清花は会社から帰宅しなかった。次の日に雅人は、清花の勤務先の玉川電子を訪ねて、社長に会った。社長は、「無断欠勤だ」といった。清花のケータイは、母を真似たように通じなかった。

「お母さんが自宅に置いていったのは、手紙だけか」

小仏が雅人にきいた。

「台所の棚に封筒を置いていきました」

「現金だな」

「はい。三十万円が入っていました」

その金で清花が食料品などを買っていた。台所の棚には、母である入新井美佐子名義の預金通帳と、キャッシュカードと、暗証番号を書いたメモが置かれていた。それは清花が管理することにしていたが、清花はそれに手をつけていないという。

「あんたは、これからどうする」

小仏がきいた。

「母と姉がもどってくるのを、待っています」

「あんたは、賢いね」

イソがいって、グラスの水を飲んだ。

小仏とイソは、雅人と一緒に清花が勤めていた玉川電子を訪ねた。五十代半ばに見える社長に会った。女性社員が三人いる事務室の奥からは、金属を削っているような音がした。

「入新井清花さんの部署は」

小仏が社長にきいた。

「この事務室です」

「清花さんには出勤しなくなった日の前日、なにか変わった点はありませんでしたか」

「なぜ無断欠勤したのかが気になったので、机の引き出しの中を見ました。すると便箋に……」

社長は一枚の白い便箋を見せた。

「まことに申し訳ありません。事情は申し上げられませんが、本日をもって退職いたします。四年間、勤めさせていただきありがとうございました。　入新井清花」

小仏は、きれいな字を書く人だと思った。

「清花さんと同じように、一昨日から出勤しなくなった社員はいませんか」

「社員は約五十人ですが、そういう者はいません」

社長は、額に深い皺をつくった。

「一月に、母親がいなくなったそうです。入新井には、その母親の消息に関する情報でも入ったんじゃないでしょうか」

小仏は、考えられると、社長の顔を見てうなずいた。

清花には親交のある男性社員はいるか、ときいた。社長は三人の女性社員に、清花と交際している男性社員はいるかときいた。三人は顔を見合わせていたが、知らないようだった。

　小仏は、社長がいった、「母親の消息に関する情報に反応」という推測が当たっているような気がした。それを弟の雅人に告げなかったのは、学校を休むといいかねないと思ったからではないか。

　雅人は、母と親しかった女性を二人知っていた。二人とも雅人の同級生の母親だった。

　一人はスーパーの店員で黒川ナツ子。もう一人は病院の雑役係で中島みどり。二人とも美佐子と同年だという。二人は、一月に美佐子が家出したのを知っていた。

　小仏は、食品の並べ替えをしている黒川ナツ子に声を掛けた。「十分ばかり待ってください。店の外へ出ますので」といって、ドアの中へ消えた。

　彼女は、従業員が利用するらしい通路へ、小仏とイソと雅人を手招きした。彼女は清花と雅人を幼いときから知っているといった。雅人が、

「姉がいなくなった」

　というと、一瞬、目を丸くしたが、唇を噛んで、雅人の肩に手をのせた。

「清花さんは、どこへ行ったと思いますか」

　小仏がナツ子にきいた。彼女はハンカチで目を拭うと、

「美佐子さんは……」

　といって、ハンカチを口にあてた。小仏は彼女の表情を注視した。

「病院に勤めている中島さんも知っていると思いますけど、美佐子さんは、上田さんという男性と知り合いになっていました」

「会社員ですか」

「建物の建設関係の仕事をなさっている方のようでした」

「建設関係……」

「設計だと思います。一般の住宅でなく、ビルとかの大きい建物の設計をしているらしいと、美佐子さんにきいたことがありました」

「その人は事務所を持っていたでしょうね」

「さあ、どうでしょうか。詳しいことは知りません」

三人は、長野中央病院で中島みどりに会った。みどりも、清花がいなくなったのをきいて胸に手をあてた。

「美佐子さんは、上田という男性と親しい仲になっていたらしいが」

と、小仏がいうと、

「美佐子さんが家出したときいたとき、上田という人のところへ行ったにちがいないと思いました。清花さんは、お母さんがいるところへ行ったんじゃないでしょうか。清花さんは、自分がいなくなったら、雅人君が困ることは分かっていたでしょうけど、どうしても、お母さんに会いたくなったんだと思います」

みどりも、美佐子が上田という男性と親しい間柄になっていたのを知っていた。

「上田という人は建設関係の仕事をしているらしいが、事務所を持っていたでしょうか」

小仏がきいた。

「東京に事務所があるときいたような気がします」

小仏は、建設設計業の団体へ電話して、会員に上田という人が所属しているかを問い合わせた。その結果、上田姓の会員が三人いるといわれた。三人の年齢と事務所の所在地をきいた。年齢は、四十代と五十代と七十代だった。四十代と五十代の人の事務所は東京だった。

小仏は、雅人の両肩を摑んだ。

「私は、あんたのお母さんと姉さんの居どころを、かならずさがしあてる。あんたは不自由だろうが、我慢して学校へ行きなさい。お母さんと姉さんについて分かったことがあったら、連絡する」

そういって、高校二年生の背中を押した。

小仏とイソは東京へもどると、港区新橋の上田建築設計事務所を訪ねた。所長は上田英一(えいいち)という名で、五十代半ばの肥えた人だった。

小仏は、「ぶしつけなことをうかがいますが、長野市の入新井美佐子さんをご存じでしょうか」

ときいた。

「知りません。なにをしている方ですか」

「市内の料理屋に勤めていて、娘と息子がいます」

「心あたりはありません。どうしてその人のことを、私に」

上田英一は額に皺を寄せた。

小仏は、失礼を詫(わ)びた。

次に小仏とイソは、港区神宮前の上田建築オフィスを見つけた。灰色のビルの二階だ。階段を上ろうとしたところへ、黒いスーツを着た男が二人下りてきた。二人とも黒いスーツだったのが気になった。

事務所のドアを入ると五、六人の男女がいたが、全員黒い服装をしていた。

応対に出てきた女性に、「上田さんに会いにきたのだが」と、小仏がいった。

「上田晋平(しんぺい)は、一昨夜、不幸な目に遭いました」

女性は赤い目をしていった。

「不幸な目……」

小仏は、姿勢を低くして事情をきいた。

上田晋平は一昨夜、知人と飲食して、事務所から歩いて五、六分の自宅へ帰ったことが分かっている。自宅には、刃物を持った者が待っていたらしい。彼は玄関で腹部を二か所刺されて死亡した。昨日の朝、家事手伝いの女性が血を流して倒れていた上田を発見して警察に通報した。検視の結果、死亡したのは前夜の十一時ごろと判明。凶器は出刃包丁と分かり、その包丁は遺体の近くで見つかった。包丁は上田家の物であることが、家事手伝いの証言で分かった。

警察は一昨夜、上田家で、晋平の帰宅を待っていたと思われる者をさがした。その結果、四十代半ば見当の女性が、たびたび出入りしていたことを摑んだ。

家事手伝いの人は、たびたび上田家を訪ねて

きた女性の住所を知っていて、

「上田先生はその女性を、みさこさんと呼んでいました。みさこさんは料理が得意で、わたしは料理のいくつかを、みさこさんに教わりました」

といった。

家事手伝いの人が、「みさこさん」と呼んでいた女性の住所は、上田の住まいとは歩いて十五、六分のアパートの二階だった。捜査員はそのアパートへ駆けつけた。アパートの部屋のドアは施錠されていなかった。そこは一間に台所というつくりで、その台所の板の間に女性が二人すわっていた。名前をきくと、入新井美佐子と清花だと答えた。二人は母子だと分かった。

「上田晋平さんを知っているか」

ときくと、母親が首で返事をした。

捜査員は、母子を署へ連行した。

美佐子は、一昨夜、上田晋平の自宅へ上がり込んで、彼の帰宅を待っていた。独身の上田に自由に出入りしてよいといわれ、勝手口の鍵をあずかっていた。

「台所の出刃包丁を摑んで、上田さんの帰宅を待っていたんだね」

取調官がきくと、美佐子はかすれ声で、「はい」と返事をした。上田晋平をなぜ殺したのかをきくと、

「上田さんには、わたしのほかに、親しくしている女の人がいたからです」

一昨日の昼間、美佐子は自宅を出た上田の後を尾けた。彼は渋谷のカフェで三十歳見当の背

の高い女性と会った。二人は笑顔で向かい合ってコーヒーを飲んでいた。美佐子がその女性を見たのは二度目だった。上田と女性は、白昼なのに手をつなぐようにして、渋谷の緩い坂をのぼっていった。美佐子は、小石を拾って投げつけたかった——

4

小仏とイソは日曜日に、長野市へ行って、善光寺大門近くの食堂で入新井雅人に会った。雅人は、市内に住む母の姉の家から学校へ通っていた。その家には大学生の息子と高校生の娘がいる。

「君は、その二人と仲良しか」

小仏が雅人にきいた。

「二人は、ぼくとはほとんど話をしません。二人ともご飯を食べると、さっと二階の自分の部屋へ行って、夜、お風呂に入るときだけ下りてきます。おじさんはやさしい人で、毎晩、ぼくと将棋を指してくれます。……おばさんはぼくに、洗濯機の使い方と、ご飯のおかずの作り方を教えてくれます」

「姉さんは」

小仏は、器量よしの清花のことをきいた。

「ぼくが住んでいた家には、母の妹がぼくの姉と同居するようになりました。母の妹は、離婚して、いまは独身です。会社員ですけどピアノを持っていて、日曜には朝からずっとピアノを弾いています。演奏家のグループの一員だということです。ときどき耳をふさぎたくなるような高い声で歌をうたいます」

　雅人は、母を思い出すのか、話しながら眉を寄せて暗い表情をした。痩せてはいるが健康状態はよさそうで、食欲もあった。

　食事をすませると三人は善光寺へ参詣に向かった。仁王門をくぐった仲見世通りには人が列をつくっていた。雅人は足をとめると、

「善光寺には七名所があるのを、学校の先生から教えられました」

　といった。

「七名所……。私は知らない。教えてくれ」

　小仏が雅人の顔にきいた。

「七院、七社、七池、七清水、七橋、七塚、それから七小路です。七小路というのは、善光寺境内を取り巻く七つの通りのことです」

「七つの通りには、それぞれ名が付いているんだろ」

「桜小路、羅漢小路、法然小路、上堀小路、下堀小路、花の小路、虎小路です」

「よく覚えたね」

　小仏とイソは、雅人の顔を見直した。

　雅人は、善光寺には七福神があるともいって、寿老人、大黒天、福禄寿、弁才天、布袋、恵比寿、毘沙門天を並べた。

　本堂に着いた。本堂外陣には木製の「おびんずるさま」と呼ばれているびんずる尊者像があって、参拝者が病んでいる顔や手足の個所を撫でている。

四月の初めの風の強い日の夕方、入新井雅人が事務所にいる小仏に電話をよこした。異変でも起こったのかと、小仏は身構えた。

「学校の先生から、大学を受けないかっていわれました」

「大学へ、行かないの」

「就職するつもりです」

「なぜ、大学へ行かないの」

「就職したほうが、姉が安心していられると思ったからです」

小仏と雅人は五分ばかり話したが、彼は母親のことを一言もいわなかった。

「姉さんは、再就職したんだろ」

「姉は母の一件のあと、一か月ぐらい、家の中に引き籠(こも)っていましたけど、つい先日、就職先を見つけて、きのうから出勤しています」

清花がどんな会社に就職したのかを、小仏はきいた。

「長野駅前のホテルです。客室係だといっていました」

客室の掃除やベッドメーキングなどではないか。人と会うことが比較的少ない仕事のようだ。清花はそういう仕事を選んだような気がする。

雅人は、母の美佐子が起こした事件のあと、何度か高校をやめようと思ったらしい。それを知った雅人の同級生の何人かの母親たちが、高校だけは出るようにと説得した。雅人は毎朝、食事をすると、顔を伏せるようにして登校しているようだ。

重大事件を起こした清花と雅人の母の美佐子

だが、台所の包丁を摑んだとき、二人の子どもの顔を頭に浮かべなかったのだろうか。嫉妬の炎に包まれ、両手で包丁の柄をにぎって、震えていたにちがいない。

「入新井雅人が高校を卒業したら、ここで働かせたら、どう」

イソがデスクへ肘を突いていった。

「長野をはなれたくないって、いうんじゃないかな」

「いや、長野をはなれたいって思っていると思う。右を向いても左を見ても、母親の事件を知ってる人ばかりなんだもの。……善光寺へ行ったとき、彼は善光寺さんにまつわる御託を並べた。それをきいてておれは、こいつ記憶力のすぐれたやつだって思ったんだ」

「おれもそう思った。おまえとは月とスッポン、雲泥の差だ」

「なんとでも……」

小仏は、下校するころになったら雅人に電話をしようと思った。

窓にあたっていた陽差しが陰ったころ、長野市の井島沙奈枝が小仏に電話をよこした。秋田犬を飼っている令嬢だ。

「父が社長の信州東堂は、市内の南長野に東堂という画廊を開いています。その画廊から磯田龍平の『雪女』という絵が失くなりました。六十三センチに四十九センチのパステルです。一九六八年作で、名画といわれています」

「失くなったとは」

「盗まれたのです」

「警察へは」

「届けたということです」

「失くなったのは、いつですか」

「四日前です。休館日があって、その翌日に画廊の従業員が、『雪女』が失くなっていることに気付いたそうです」

　警察は過去の類似事件の犯人の身辺や動向などを参考にして、捜査しているだろう。

「小仏さんはお忙しいでしょうが、絵を盗んだのがどういう人なのか、絵を転売したいのか、それとも自宅に飾っておきたいのかなどなど、お知恵をお貸しください」

　沙奈枝はそういって電話を切ったが、いい忘れたというようにまた掛けてよこした。

「盗賊がどのようにして画廊に侵入したのかを、申し上げるのを忘れていました」

　彼女は、犯人を盗賊と呼んだ。古めかしい呼び方だが、肝心なことである。

　盗賊は、玄関や裏口のドアを破ったのでなく、雪女が飾られている部屋の壁に外から穴をあけて侵入し、絵を運び出しているという。

　それをきいて小仏は、警官時代に東京の上野で発生した貴金属の窃盗事件を思い出した。犯人は複数で、手動の穿孔機（せんこうき）を使って壁にいくつもの穴をあける。人が出入り可能なかたちにドリルで無数に穴をあけて厚い壁をはずし、そこから室内に侵入したことが判明した。

　その事件の三か月後、奈良市の寺で、一五五〇年代に作られたという仏像が盗難に遭った。

そのやり方は、上野の貴金属商が被害に遭った窃盗事件と類似していた。犯人は複数で、その中に「たしろ」と呼ばれている男が加わっていたらしいが、正確な氏名や所在を突きとめることはできなかった。

「所長」

　イソが大きい声で呼んだ。彼は、長野へ行こうといった。

「長野へ行って、どうするんだ」

「照栄社っていう、いかさま商売をやっている田代兄弟に会って、詐欺だけじゃなくて、絵画の強奪もやってるんじゃないのかって、追及する」

「顔色を変えるかな」

「所長の、そのでかい面を突きつけりゃ、震え上がって、なにかを喋ると思うよ。それとも照栄社をたたむかも」

「そうか。長野市からは何百万円もの値打ちのある絵が失くなっている。盗んだやつは、その絵を売るつもりだろう」

「本物の『雪女』なら、何千万円の値が付くと思う」

　夜中に画廊の厚い壁を破って、名画を盗んだのが田代兄弟だとしたら、その絵を引き取った者がいたはずだ。

「急ごう」

　小仏とイソは、椅子から立ち上がった。

　二人が長野に着いたのは夜だった。照栄社にはきょうも、困りごとの相談に何人かが訪れたのではないか。

　二人は灰色のビルの前でタクシーを降りた。白地に黒い字の看板が道路を向いているはずだが、それがなかった。小仏はくすんだ茶色のドアへ向かって走った。照栄社のドアは施錠されていなかった。室内の電灯は消えていた。薄暗い事務所にはデスクが二つあり、その奥に応接セットがあるが、冷たい風が吹き抜けているように寒々としていた。

　ビルのオーナーに会った。

「照栄社は引っ越しをしましたか」

「いいえ。ゆうべのうちに……。夜逃げです」

「夜逃げ」

「昼間は看板を出していたし、人の出入りもあったようでしたけど、どうやら夜中に」

　テーブルや椅子は置いてあるが、けさはだれも出てこないし、電灯も点かない。そこで室内へ入ってクローゼットを開けてみたら、なにも入っておらず蛻の殻だった。

「無断で出ていくなんて、タチが悪い。長年商売をやっていますが、こんな目に遭ったのは、初めてです」

　髪の薄いオーナーは口をゆがめ、照栄社というのは「困りごと相談所」という看板を出していたが、実際にはどんな事業をしていたのか、と小仏にきいた。

「家出とか、行方がわからなくなった人をさがして欲しいと、相談にくる人がいます。行方不明の人の行き先を突きとめるための調査を請け負うといって、手付金を受け取るが、なにもしないのです」

「えっ、なにもしない。それは詐欺じゃないですか」

「そう、詐欺です。それを一か所で長くやっていると、代金を受け取ったのに、なんのはたらきもしていないことがバレてしまう。そこで夜逃げをしたのでしょうが、田代兄弟は、別の事件にもかかわっているのではないかという疑いを、私は持っています」

「別の事件とおっしゃると」

「美術品の盗難事件です」

「盗難事件……」

ビルのオーナーは口を開けて、小仏の顔を仰いだ。とんでもない男たちに事務所を貸していた、といって、頭に手をやった。

第七章　諏訪の事件

1

小仏とイソは長野市で、井島沙奈枝に会った。彼女はきょうも秋田犬を連れている。ペット連れだとレストランやカフェへ入れないのでといって、県庁通りの近くの公園で会った。画廊の東堂から盗まれたのは、磯田龍平の『雪女』だけかときくと、

「『雪女』の近くのテーブルに飾っていた高さ三十センチほどの京焼の壺も失くなっていました。古清水（こきよみず）と呼ばれている茶色の地に白い花を描いた物です」

盗んだ者の目的は転売だろう。

小仏は、六年前の上野の貴金属店の壁がくりぬかれた事件現場のもようを、沙奈枝に話した。人が一人やっと入れる穴があけられていたのを思い出した。貴金属店の当時の被害額は約二千万円といわれた。

犯人は四人とみられていて、そのうちの一人の男が捕まった。その男は犯行グループに誘われたといって、主犯の男の名を口にしたが、他（ほか）の者とはそれまで面識がなかったといった。主犯の男の名を、「たしろ」と呼んでいた。「たしろ」と呼ばれていた男は当時四十歳ぐらいだっ

た。

当時四十歳ぐらいだと、現在四十六歳の田代修治があてはまる。困りごと相談所を始める前の修治は、松本市の城北ホテルに勤務していた。毎日、紺のスーツに身を包んで、ホテルの利用者に頭を下げていたのである。

しかし根は悪党だった。ホテルのフロントから利用者を眺め、財布の厚さを推し測っていたようだ。

ホテルを退職して、松本市内で快決社を始めた当時の修治の住所は、松本市里山辺だった。妻は光子という名だったが、二人の娘を残して家を出ていった。

小仏は、修治の二人の娘がどこでどうしているかを知りたくなって、松本へ移動した。

波江という長女は東京からもどり、松本市の中心地の「まるみつ」というスーパーマーケットに勤務していることが分かった。次女の球子は高校を卒業して、市内のシバタ工務店に勤めていた。修治がホテルに勤務していたころ家を出ていった妻の光子はもどってきて、三人で里山辺の古い貸家に住んでいることが分かった。

白い洗濯物がひらひらしていたので、小仏は声を掛けた。「はあい」という間延びした返事があって、縁側のガラス戸が開いた。白い半袖シャツにジーパンの女性が立っていた。

小仏は名刺を出して、「奥さんですか」ときいた。四十歳を過ぎていそうな女性は返事をせず、小仏の名刺を見ていた。

「田代修治さんにお会いしたいのですが、現在はどこにいらっしゃるのか、奥さんはご存じですか」

「奥さん」というところへ力を込めてきいた。

「知りません」

女性は急にきつい目をした。

「奥さんなのに、ご主人の居どころをご存じない」

「ええ、もう長いこと、どこでなにをしているのか、連絡もありませんので、知りません」

「城北ホテルをお辞めになってから、松本市内で快決社というインチキ商売をやっていたが、それはご存じですか」

「インチキ商売……」

「ええ、人を騙してお金を取る商売です。それを弟の唯民さんと一緒に」

「なにか商売をやっているようでしたけど、詳しいことは知りません」

「松本にはいられなくなって、札幌へ行って、同じことをやっていた。そこにも長くは居られなくなって、長野市へ移って、また同じことをやっていた。長野にも長くはいられなくなって、どこかへ消えた」

小仏がいうと彼女は縁側に立ったまま首を横に振った。夫のやっていたことを本当に知らないようだった。

「弟の唯民さんも一緒に……。唯民さんの奥さんは、夫がやっていたことを知っているのでしょうか」

「別居同然ですから、知らないと思います」

小仏は、田代兄弟が長野から夜逃げをしたと話した。

「夜逃げ……」

彼女は崩れるように廊下へ膝を突いた。

照栄社が入っていたビルのオーナーは、田代兄弟が夜逃げをしたことを警察に連絡しそうだ。警察はやがて松本へも手を伸ばすにちがいない。

警察は、長野市の東堂画廊での絵画盗難事件現場から指紋採取だけでなく毛髪なども拾っているはずだ。照栄社をやっていたが夜逃げをした田代兄弟を怪しいとにらめば、毛髪の照合を試みるだろう。

小仏は、期待はしていないが、

「ご主人から連絡があったら、どこにいるのかをきいてください」

といって、頭を下げた。


小仏は、ひたすら天に向かって葉を伸ばそうとしている若葉の銀杏(いちょう)を見上げた。低空を舞っていた烏(からす)が木のてっぺんにとまって鳴いていた。真っ黒い鳥は、仲間になにかの信号を送っているようだ。

小仏のポケットで電話が鳴った。相手は長野市の古林春代だった。彼女の夫の古林建造は、従業員約百人の会社の専務だったが、酒場勤めの柳沢つぐみという女性に惚れ込み、会社の職を棄(す)て、妻を棄てて家を出た。長野から離れた土地へ逃げたようだった。

春代は、小仏に電話を掛けたのに、息切れするような咽(む)せるような声をきかせていたが、

「ゆうべの夜中に、古林がもどってきました」

と、かすれた声でいった。小仏がなんといお

うかを迷っていると、

「わたし、どうしたらいいか」といったり、

「からだの震えがとまりません」ともいった。

どうやら、夫の古林がもどってきただけではなさそうだ。

「奥さん」

小仏は声に力を込めた。春代は震え声で、

「古林は、大変なことを……」

といって、悲鳴のような声をきかせた。

「奥さん、落ち着いてください。ご主人がなにを、なにを……」

小仏は繰り返した。春代は、唸(うな)るような声をきかせるだけだ。

小仏は、長野市若里の古林家へ駆けつけることにした。


イソはというと、電柱に寄り掛かって、紙袋から菓子らしい物を摘まみ出して食べていた。

長野市のホクト文化ホール近くの古林家に着いた。玄関の戸は来訪者を拒むように施錠されていた。二、三分して錠が開いた。小仏が一歩踏み込むと、春代は崩れるようにしゃがんだ。

「ご主人は」

小仏が春代にきいた。

「二階にいます」

小仏は靴を脱いだ。二階へ上がると、建造は壁に寄りかかっていた。唇は紫色だ。

「古林さん」

小仏は建造の正面に膝を突いた。

「私は、私はけさ、柳沢つぐみを、殺しました」

「殺した。……どこで」

「暮らしていたマンションの部屋で」

建造は、顔を伏せて答えた。

小仏は、建造に顔を近づけた。彼のいっていることがほんとうなら一大事である。

「殺した。なぜ」

小仏は壁に背中をつけている建造の肩に手を置いた。

「どうやって、殺した」

建造は両手を宙に浮かせた。首を絞めたということらしい。

「つぐみさんが死んだのを確かめたのだね」

「はい。布団に寝かして……」

つぐみが死亡すると、落ち着けなくなって、自宅へもどってきたということか。


「なぜ、なぜ殺したんだ」

「つぐみは、ゆうべ、別れたいとか、奥さんのところへもどれと繰り返しいいました。私はつぐみと片時も離れたくなかった。それを何度もいっているうちに……」

悲しくなったのか、それとも憎くなったのか。ききわけのない彼女に対して、腹立たしくなったからか、両手が彼女の首に伸びていったということなのか。

「二人で、どこに住んでいたんですか」

「松本の女鳥羽川の近くの南浅間(みなみあさま)というところの、マンションの三階です」

小仏は、建造の答えたことを、松本警察署へ伝えた。署はすぐにそのマンションの部屋を確認しに行くだろう。

小仏は建造に、警察への出頭を促した。建造はよろよろと立ち上がった。

妻の春代は、台所の板の間に正座していた。

小仏は彼女に近寄って、建造からきいたことと、警察へ出頭することを伝えた。彼女は背中を丸くして、板の間へ文字を書くように指を動かしていた。

事件発生地は松本市内だが、小仏は住所の所轄署へ建造を伴って連れて行くことにした。署に着くまで建造は、一言も喋らなかった。

「駆け落ちまでしたのに、つぐみという女はなぜ建造に、別れたいとか、女房のところへもどれなんていい出したんだろう」

小仏が署を出てくるのを待っていたイソは、首をかしげた。

「良心という虫が、騒ぎ出したんだろう。つぐみは、間違っている道を歩いているという良心に、背中をつつかれていたんだと思う。それと、建造と暮らしていても、行く先に、明るい光は見えないって感じるようになったんだろうな」

小仏がいうとイソは、「ふうん」といって、道の小石を蹴るような真似をした。

2

小仏とイソは東京へもどると、中野区新井の若草荘アパートをのぞきに行った。田代唯民の妻と娘が暮らしているところだ。

妻の菊美は現在も中野区役所に勤めている。娘の舞は高校を卒業して、結婚式場などを運営している会社に就職した。放火に遭った家については、警察も消防も放火犯を捜しているが不明のままらしい。

近所で、夫の唯民の姿を見ることがあるかときいたが、長いこと姿を見ていないと何人もが答えた。なかには、「離婚したのでは」という人がいた。近所には、田代兄弟が手を組んで、イカサマ商売をしていたことは知られていないようである。

小仏のデスクの電話のベルが鳴った。電話をよこしたのは大学時代に仲良しになった柏戸哲也（かしわどてつや）。彼は諏訪（すわ）湖畔の旅館の次男で、家業の柏千（はくせん）という旅館に勤めている。父親は去年、八十歳になった。兄が五十歳で、社長に就いている。

諏訪湖畔には、油屋（あぶらや）とか布半（ぬのはん）という老舗旅館が居並んでいて、少し小ぶりの柏千は老舗の裏側に隠れている恰好だ。だが料理の旨さが知られていて、年に何度か泊まりに行く都会の人が多い。

小仏と柏戸は、「しばらくだな」といい合った。が、柏戸の声はかすれていた。

「小仏は忙しいと思うが、相談にのってもらいたい」

「おれで役立つことなら」

小仏は受話器をにぎり直した。

「娘の絢音（あやね）がいなくなったんだ」

一人娘で、たしか中学生だ。父親似らしく細身の長身なのを小仏は知っている。

「いなくなったとは」

「隣の唐木家(からきや)の女性従業員がいうには、きのうの午後、湖畔のガラス博物館の前で、二人の男に、車に押し込まれて、連れ去られたらしい」

「連れ去られた……。ガラス博物館の並びには諏訪署があるじゃないか」

「そうなんだ。唐木家の女性は、警察署へ飛び込んで、近所の旅館の娘が連れ去れたらしいと、通報してくれたが……」

「娘を連れ去った者からは、なにか」

「なんの連絡もない。警察の人はうちへきて、電話機をにらんでいる」

「誘拐か」

電話は柏戸のほうから切れた。

「イソ」

小仏は大声を出した。目を瞑っていたイソが跳び上がった。エミコが小仏の横に立った。

「諏訪へ行く。氷水で顔を洗って、車を出してこい」

イソは、首を肩に埋めて事務所を飛び出していった。


きょうの諏訪湖には白波が立っていた。一部三階建ての柏千は静まり返っていた。私服の警察官と思われる中年男が玄関から出てきた。

小仏の車に気付いたらしい柏戸が出てきて、

「忙しいのに、申し訳ない」

といった。

「娘は」

小仏がきいた。

「二時間ばかり前に、もどってきた」

「そうか。それはよかった。怪我をしていなかったか」

「大丈夫。腹をすかせていたんで、メシを食べさせた」

柏戸は、伏し目がちになっていた。その表情がなんとなく不自然に見えた。

柏戸夫婦と警官は絢音に、どこへ連れていかれたのかをきいたが、彼女は地名を答えられなかったという。

「絢音ちゃんは、単独でもどってきたのか」

「下諏訪まで車に乗せられてきたんだ」

柏戸は額に皺を彫っていった。

「なんの目的で連れ去りをやったのか」

小仏は首をかしげた。

「金だよ。現金と引き換えに絢音を返すと電話してきたんだ」

「いくら要求された」

「三百万円。下諏訪町の中山道で、通行人のお年寄りの女性に紙に包んだ金をあずけて、二百メートルばかり歩かせた。現金を受け取ると、絢音を解放した」

柏戸は忌々しそうに唇を噛んだ。

「犯人の顔か姿を見たか」

「離れていたので顔立ちはよくは分からなかったが、二人とも四十代後半ぐらいじゃないかと思う。体格は中背で、特に太ってても痩せてもいないようだった」

警官は、二百メートルぐらい離れた地点から二人の犯人を撮ったり見たりした。撮った写真を見せられたが、二人とも薄い色のメガネを掛けていたという。犯人側からすると、事は計画どおりに進行したということだろう。

小仏は柏戸の話をきいていて気付いたが、犯人の計画は綿密のようだが、気は小さいと見てとった。人質交換の金額が三百万円だったからだ。

犯人は、身代金を一千万円かそれ以上要求したかったが、高額だと準備に手間取る。それですぐに準備ができそうな金額を要求したのだろう。

「警察は犯人の車を見たし、撮影しているだろうな」

「撮っているけど、ナンバープレートに白い紙を貼っていた。車の色はグレー。古いタイプのプライズだった」

「用意周到だな」

小仏は柏戸の話をきいて、犯人の二人は犯罪行為に馴れているような気がした。

小仏とイソが、洋間でコーヒーを馳走になっていると、柏戸の妻が絢音を連れて入ってきた。細身の絢音は胸で手を合わせていた。

「学校から帰ってきたところを、湖畔通りで、二人の大人に車に押し込まれたんだって。災難だったね」

小仏がいうと、絢音は黙って首を動かした。車にはどのぐらいの時間乗せられていたかをきくと、一時間ちょっとぐらいだと思うと答えた。

「どんなところへ連れていかれた」

「坂道を登ったところの、古そうな家です」

「平屋か二階建てか」

「平屋で、いくつか部屋がありそうでした。窓からは林しか見えませんでした」

「二人の男は、あんたにどんなことをいった」

「二、三日経ったら帰すから、我慢していろっていわれました」

「二人の男以外には」

「二人だけでした」

　拉致された日の夕飯はカレーだった。若いほうの男が作って、テーブルのある部屋で食べた。絢音は半分残した。夜中に二度目を覚ました。恐怖と寂しさに震えていた。次の日の朝はコッペパン。温めたカレーにパンをつけて食べた。

「きょうじゅうに帰れるようにするから、おとなしくしていろって、年上の人にいわれました」

若いほうは、独り言をいったり、鼻歌をうたったり、話し掛けたりしたが、年上のほうはいつも怖い顔をして寡黙だった。車は若いほうが運転していた。

「二人が住んでいた家は、岡谷市内だと思います。下諏訪に着くまでに、車の中から岡谷市の標識を何回も見ました」

　絢音が一晩泊まることになった一軒家は木立ちに囲まれていたようだ。坂道を登ったと彼女は記憶を語った。その家の周辺には民家はなかったようだ。そのことから彼女が一夜を過ごした一軒家は、塩尻峠あたりではないか、と小仏は推測した。


　小仏とイソが乗った車は、諏訪湖畔をはなれると岡谷市に入り、標高一千メートル近い塩尻峠をくねくねと登った。峠の下は塩嶺トンネルがくりぬかれている。木立ちに遮られた道は展望台で途切れていた。

展望台の枯れ葉に埋まっている階段を上った。ぱっと視野が展けた。市街地を越えた先は円形の諏訪湖だった。

しばらく蒼い湖を眺めたあと、展望台を下りて雑木林の中の小径を歩いてみたが、建物は見当たらなかった。

「柏戸絢音さんを誘拐して、身代金を奪った二人の男は、田代修治と唯民じゃないか」

イソがいった。

「おれはそうにらんでいる」

小仏はうなずいた。

「詐欺のあとは、誘拐か」

誘拐を一件やって成功した。味をしめたので、どこかで同様の手を使うことを考えていそうだ。

両側を注意ぶかく見ながら、塩尻峠をのろのろと下った。古びた空き家が二軒あった。そこをのぞいてみたが、最近使用したらしい痕跡は見当たらなかった。

3

五月八日、連休明けの朝、下諏訪町で事件が発生した。湖畔桜酒造会社経営の宮坂大助の一人娘である悠子が、登校しないという連絡が中学校から自宅にあった。電話を受けた母親の佳代は、「いつもの時間に家を出ましたが」と答えると、受話器をにぎったまま天井を仰いだ。始業時間はとうに過ぎている。

佳代は悲鳴のような声で夫を呼んだ。

酒造所から古市という三十代半ばの社員が駆け付けてきて、

「社長は外出しています」

といった。

佳代は古市に、学校からの連絡を伝えた。古市が社長のケータイに、学校からの報せを伝えた。

社長の宮坂は帰宅すると、佳代を車に乗せて学校へ向かった。担任教師の原田は、

「ご両親は、ご自宅にいてください。学校になにか連絡が入ったら、すぐにお報せしますので」

といって、夫婦を帰宅させた。

帰宅した夫婦は話し合って警察に報せた。その後は自宅の薄緑色の電話機をにらんで、黙りこくっていた。警官がやってきて、電話機の前にすわった。正午を過ぎ、午後三時を過ぎ、やがて日が暮れた。が、悠子がどこでどうしたかの報せは、どこからも寄せられなかった。

午後六時過ぎ、悠子の同級生の牛山家の主婦から宮坂家へ電話があった。

「けさ二階から、悠子ちゃんが学校へ向かうのを見かけました」

そのときの悠子には、なんの異常もなかったということだ。牛山家と学校は徒歩約十分の距離である。このことから宮坂悠子は、牛山家と学校の中間で姿を消したということらしい。

　午後七時のテレビニュースは、下諏訪町の宮坂悠子がけさ、登校途中に姿を消したことを報じた。男性アナウンサーは、「宮坂悠子さんは事故か事件に巻き込まれた可能性がある」といった。

　三十分間のニュースが終って、歌謡番組が始まったところへ、宮坂家の薄緑色の電話機が、悲鳴のように鳴り出した。佳代が、かじり付くように受話器を摑んだ。

「悠子さんのお母さんか」

　男がいった。口に飴玉(あめだま)でも入れているような声を出した。

「母です。悠子は……」

「いるよ。元気だ。いま、メシを食い終えたところだ。海苔(のり)で包んだにぎり飯を、旨そうに食べた。たくあんも食った」

「悠子に代わってください」

「声をききたいんだろうが、心配はいらない。元気だ。それより、こっちのいうことをきいてくれ」

「なんですか」

「そんな怖い声を出さないで」

「なんですか」

「あしたの朝七時に、諏訪大社の秋宮の鳥居の前へ、五百万円持ってきてくれ。サツに張り込ませたりしたら、お嬢さんは返さないよ。……分かったか」

「五百万円」

　佳代は低い声でつぶやいた。電話は切れた。

　宮坂大助は、親戚や知友に電話し、あすの朝、銀行が開いたら返すのでといって、五百万円を掻(か)き集めた。

　宮坂夫婦も従業員も、三名の警官も電話機を取り囲むようにして夜明けを待った。

　五月九日午前六時。警官隊は物陰に隠れて秋宮の鳥居をにらんだ。午前七時が近づいた。杖(つえ)を突いた老婆が鳥居をくぐった。大型犬を連れた初老の男が鳥居の下で、奥に向かって手を合わせると、犬に引かれるようにして、緩い坂を下っていった。

　午前七時四分、大助のポケットで電話が鳴った。野太い男の声が、

「娘を返す場所を、春宮に変更する」

　とだけいって切れた。電話番号は悠子にきいたか、彼女のスマホを操ったのだろう。

　大助は血走った目をして十字路を越え、春宮に向かって駆けた。春宮に着く直前にまた男から電話が入った。

「万治(まんじ)の石仏の上へ現金を置いて、その場を去れ」

　木立ちの中を流れる小川の岸辺の史跡だ。

　大助は、現金を抱いて走り、何度かつまずき、荒い息をして胸を撫でた。

　犯人が何度も身代金の受け渡しの場所を変更するのは、大助の後を追っている警官を撒(ま)くためだろう。

　大助は石仏の上へ現金の包みを置いた。悠子は小川に架かる小さな橋のたもとで保護された。現金は石仏の上から消えていた。警官は、犯人は体形がよく似た二人の男であることを知った

が、人質保護を優先するために、移動する二人を捕えることができなかった。

「犯人は二人か」

事務所でテレビを観て小仏はつぶやいた。

「犯人の二人は、田代修治と唯民じゃないかな」

イソがいった。

松本、札幌、長野の各市で調査業と称した詐欺行為をしていたが、カラクリがバレ、それはつづけられなかった。そこで思い付いたのが少女を攫って、身代金を奪う犯行。きき分けのない幼児を扱うと手間がかかる。そこで狙いをつけたのが中学生の女子。攫ってきて、「おとなしくしていれば、二、三日で親のところへ返す」という説得が通じる。男児より扱いやすいと踏んで、資産のありそうな家庭の子に目を付けたのではないか。

諏訪市の旅館・柏千の経営者の娘を攫って三百万円を奪った犯人と、下諏訪町の酒造所の娘を拉致して身代金五百万円を奪った犯人は、同一だろう。警察は、「犯人はどうやら二人組らしい」とみている。二人の年齢は四十代という見当だ。その年恰好に田代兄弟が該当する。兄弟は長野市の照栄社をたたんで、姿を消したが、その後の居どころは不明である。

「田代兄弟には係累はいないのでしょうか」

エミコがぽつりといった。

「親が健在でもおかしくない年齢だな。修治の家は先代からの持ち家のはずだが」

小仏は安間に電話して、田代兄弟の戸籍から両親の所在を調べてもらった。

一時間あまりして安間から回答があった。

田代修治は本名。本籍は東京都板橋区大谷口一丁目。修治は田代武助と清子の長男。唯民は次男。二人には夏子という妹がいたが、去年三十六歳で殺された。武助と清子の現住所は板橋区富士見町だと分かった。

小仏とイソは、武助、清子の住所を確認しに行くことにした。

そこは環七通りの北側の住宅街で、中学校の校庭を越えて生徒の声がきこえていた。

田代夫婦が暮らしている家は、古そうな二階建てアパートにはさまれた平屋で、貸家だと分かった。正面の家のインターホンに呼び掛けた。

五十代半ば見当の主婦が顔を出した。「隣の田代家のことをちょっと」と、小仏がいうと、玄関へ入ってくれといわれた。

主婦の話で、田代武助、清子の夫婦は長野から転居して二十年あまり住んでいることが分かった。武助は七十二歳。

「ご主人は、十年ぐらい前まで、作業服のような物を着て、自転車で通勤していましたから、そう遠くないところへ勤めていたのだと思います。十年ぐらい前にお勤めを辞めたようで、それ以後はずっと家にいて、たまに買い物などに出掛けています。奥さんはめったに外へ出ないようです。娘さんの姿はもう何年も見ていません」

「田代さん夫婦には、修治と唯民という息子がいますが、お会いになったことは」

小仏がきいた。

「何度か、ちらっと見たことがあります。現在四十代半ばぐらいでしょうが、体格も顔立ちもいい二人です。四、五日前にもきて、家の前で車を洗っていました」

「どんな車でしたか」

「よく見たわけではありませんが、グレーの古い車のようでした」

記憶に残るような出来事はなかったかを小仏はきいた。

「夜間に救急車を呼んだことが、たしか二回ありました。奥さんの具合が悪くなったようでした。それ以外には……」

主婦は首をかしげていたが、

「息子さんにはお子さんがいるでしょうが、連れてきたことはないようです。ひっそりした感じです」

主婦の話で分かったことは、修治と唯民はごくたまに、両親に会いにくるようだ。二人は、両親の暮らしを支えているにちがいない。

4

長野市内の東堂という画廊から盗まれた磯田龍平の『雪女』という絵が、某美術館員の手に渡り、その美術館員が、「売りたい」と知人に内密に持ち掛けたという話が、ある筋に流れているらしい。ある筋というのは長野県内と、その周辺の美術愛好家の数人。その噂(うわさ)を耳に入れたのは、いつも秋田犬を連れている井島沙奈枝。東堂を経営している井島家の令嬢だ。

名画を盗んだ者の目的は、金にするためだったたろう。名画を持っていたいという人は何万も何十万人もいるだろうが、盗んだ物と分かっているので手を出しにくい。手に入れたとしても没収されるおそれがある。

絵を盗んだ悪党は、某美術館員に相談を持ちかけ、内密に取引したいとでもいったのだろう。

「その絵を買った人がいたとしても、他人に見せるわけにはいかないよね。画廊の壁に穴をあけて盗んだ代物なんだから」

イソがいった。

「海外へ持ち出すかも」

小仏は、筒状にされた絵を想像した。

「外国人に売るっていうこと」

「外国人とはかぎらない。海外に住んでいる日本人に売る。それを買った日本人が、現地の人に売るということも」

「買った外国人は、画廊から盗んだ物とは知らないだろうから、大勢に見せる。もしもそれが話題になったとしたら、そのニュースは日本にも届くよね。……その絵はどこにあるんだろう」

「某美術館員が管理しているんじゃないかな。それとも盗んだ野郎が隠しているのかも」

イソは天井を仰いで、這っている蜘蛛でもさがすような目をしていたが、

「秋田犬の令嬢は、某美術館員がどこのだれなのかを知ってるよね」

「知っていると思う」

「そいつの指揮によって、名画が東堂から盗まれたんじゃないかな」

「おれも、その可能性を考えているんだ」

「所長。長野へ行こう。長野で秋田犬のお嬢さんに会おう」

旅をするのが嫌だの疲れるのと、文句を並べていたイソだったが、クローゼットから旅行鞄を取り出した。それを見たエミコが、タオルとアイロンをかけた白いハンカチを、テーブルに置いた。

小仏とイソは、昼少し前に長野に着いた。

そば屋へ飛び込むと、二人ともざるそばの大盛りを頼んだ。隣の席では白髪が薄くなった老婆が、そばを一本ずつ箸にはさんで口に運んでいた。

小仏は井島沙奈枝に電話した。彼女は、善光寺の仁王門の近くにいると答えた。これといってやることのない人なので、雨や雪の降る日でないかぎり、秋田犬を連れて散歩している。

「長野に、急なご用でもできたのですか」

彼女はおっとりとしたききかたをした。

「あなたに会いにきたんです。重大なことを思い付いたので」

小仏はすぐに駆けつけるので、そこにいてくれといった。

彼女は、「重大なこと」とつぶやいたが、小仏は、すぐに駆けつけるといった。

きょうも表参道には善光寺参りの人の列ができ

きていた。仲見世通りの商店をのぞいている人が多い。ここはやはり長野県の代表的観光地だ。沙奈枝はどこにいたのか、タクシーを降りた小仏とイソの前へ飛び出すように現れてにこりとし、抱いていた犬を足元へ降ろした。犬は上を向いて尾を振った。

「『雪女』を持っているらしい美術館員がだれなのかを、知っていますね」

　小仏が沙奈枝の顔に目をすえた。

「父に話をきいて見当はついています」

「お父さんか、東堂の関係者は、その美術館員に会ったでしょうね」

「東堂の吉沢が会っています」

「『雪女』が現在どこにあるかをきいたでしょうね」

「ききましたけど、知らないと答えたようです」

「美術館員は男ですか」

「男性で、四十代半ばぐらいの人で、名は江守羊次郎。若松町の若松美術館に勤めています」

「あなたは、その江守という男に会ったことがありますか」

「ありません。吉沢から話をきいただけです」

　小仏とイソは沙奈枝と一緒に東堂を訪ねた。ベージュ色のビルの一階だ。大小の絵が壁に並んでいる。浅間山の絵の下には瀬戸焼の壺と茶器が白い絹布の上にすわっていた。

　小太りで色白の顔にメガネを掛けた吉沢が出てきて、丁寧なおじぎをした。

　東堂には応接室があった。壁に掛軸が垂れていた。

「ここから名画中の名画といわれている『雪女』が厳重な防犯装置を破って、外から壁をくりぬかれて盗まれた。現場には髪の毛一本も落ちていなかった。……盗んだ者は『雪女』をすぐに売りたかったと思う。だが、名画を欲しがっているのはだれかを知っているわけではなかった。そこで知り合いだった江守羊次郎に相談した。もしかしたら江守に、まとまった金が欲しかったら画廊から名画を盗んでこい、とでもいわれていたのかもしれない」

小仏がいった。

盗賊は、東堂から『雪女』を盗んできて、それを江守に見せただろう。江守は、名画に目を近づけたり細めたりして見たにちがいない。

「『雪女』はいま、どこにあると思いますか」

小仏は吉沢の白い顔にきいた。

「もしかしたら江守が管理しているのかも。ですがどこに隠しているのかは分かりません」

「警察は当然、江守に、『雪女』の所在をきいているでしょうね」

「『雪女』が盗難に遭ったことは知っていますけど、どこに隠されているかは知らない。自分は絵を盗んだ者とは無関係といい張っているようです」

吉沢は、警察官からきいたことを答えた。

「吉沢さんは、田代修治か田代唯民の二人を知っていますか」

小仏がきいた。

「さあ……。なにをしている人たちですか」

「二人は兄弟です。以前は二人ともサラリーマンでしたが、詐欺商売を思い付いて、松本と札幌とこの長野市で、イカサマ商売をしていました。イカサマはバレるので、それを一か所で長くはやっていられない。事務所を借りて数か月間、イカサマをやっては夜逃げを繰り返していた。……最近、諏訪市と下諏訪町で、女子生徒を誘拐して身代金を奪う事件が発生しました。生徒は無傷で解放されましたが、犯人は田代兄弟ではないかと、私はにらんでいるんです」

「詐欺、誘拐」

吉沢は瞳をくるりと動かした。

「六年ばかり前ですが、東京の上野で大手の貴金属店が、夜間に壁をくりぬかれて、高価な商品を盗まれる事件がありました。それは四人組のしわざだったようです。その四人のうちの一人は『たしろ』と呼ばれていたようです」

「世の中には、なにをしだすか分からない人が……」

吉沢は、眉をハの字にした。

小仏とイソは、若松美術館へ行くことにした。

「あなたのご都合は」

小仏が沙奈枝にきいた。

「わたしはしばらくここにいます。美術館の人、なんだか怖そう」

彼女は眠そうな目をした秋田犬を抱きあげた。

江守羊次郎が勤めている若松美術館は、大門の西のほうだと吉沢に教えられた。

真上には黒い雲が広がり、にわか雨でも落ちてきそうな空模様になり、頰を撫でる風が冷たかった。

　赤いレンガ造りの美術館は木立ちに囲まれていた。芝生の庭園があり、幼い子どもと母親たちを横目に見て美術館へ入った。

　受付の若い女性に、江守羊次郎氏に会いたいと告げると、椅子を立って背中を向けたが、すぐに引き返してきて、

「江守は電話中ですので、お待ちください」

と無愛想にいった。
　五、六分経つとグレーのスーツの背の高い男が出てきて、
「江守です」

　と、太い声を出した。四十代半ばの眉(まゆ)の薄い扁平(へんぺい)な顔だ。彼は小仏とイソを見比べるような表情をした。

　小仏は江守に名刺を渡した。

「探偵事務所」

　江守は小首をかしげてつぶやいた。眉間(みけん)には深い皺が立っている。

　小仏が、大事なことをききたいというと、江守は無言で展示室の中央を指さした。鑑賞者のためにコの字形に据えられている黒いソファをすすめたのだ。

　壁には大小の風景画が展示されている。絵を見ている人はいなかった。

「東堂から盗まれた『雪女』の件で、お話をうかがいたい」

　小仏が江守の顔をにらむように見ていった。

「その絵のことを、どうして私に」

「ある筋から、盗まれた『雪女』の所在を江守

さんが知っているらしいとききましたので」

「迷惑なことです。盗品の所在を、どうして私が知っているというのですか」

「盗みをはたらいた者と江守さんは、知り合いか、あるいは親しい間柄では」

「だれがそんなことを。私には、盗みをはたらくような者との付合いはありません。そんなことを、東京の小仏さんは、だれからおききになったんですか」

「私は以前から、ある兄弟に注目しています。田代修治と唯民です。江守さんは、知り合いでは」

江守は目の色を変化させた。それを隠すように、大きい手を顔にあてた。

「田代兄弟をご存じですね」

「知りません。なにをしている人ですか」

「詐欺師です。詐欺だけではない。少女の誘拐もやった。ずっと前には、東京上野で、貴金属店の壁を破って、高級商品を盗む犯罪にも関係しているらしい」

「そんな、そんな者と私は付合いをしていない。小仏さんは、どういう筋から、私のことを耳に入れてきたんですか」

江守は、壁の絵でも見るように顔を上げた。

「東堂の厚い壁を破って、名画の『雪女』が盗まれた。その事件を知ったとき、六年ほど前の上野の事件を思い出した。手口がまったく同じだったからです。……私は松本、札幌、長野で詐欺行為をはたらいている田代兄弟に注目していた。この長野市から夜逃げをして、姿を消した田代兄弟の行方を追っていたんです。すると東堂が盗難に遭った。厚い壁を破って侵入するという手口から、田代の犯行ではという疑いを持ったんです」

東堂から盗まれた名画の『雪女』は、内密に買い手をさがしている。それが売れるまでの管理は、江守羊次郎がしているらしいという情報を摑んだ。

「図星でしょ」

小仏がいった。

「『雪女』を、私が隠しているようにきこえますが」

江守が目を光らせた。

「隠しているんでしょ」

「とんでもない。濡れ衣です。さっきもいったように私は、泥棒と付合いなんかしていない。あんたは偽情報を真に受けて、やってきたんだ。……偽情報を摑まされるようでは、本物の探偵とはいえないね」

江守は顔をゆがめ、中腰になった。さっさと帰れといっているようだった。

「『雪女』と一緒に、古清水の壺も盗まれましたが、それも絵と一緒に隠されているんですか」

江守は、「知らない」というように中腰のまま小仏とイソの顔をにらんだ。その顔は油断のならない男たちだといっていた。

第八章　『雪女』と『凜』

1

若松美術館を出た小仏とイソは、木立の中を縫うように歩いた。

「あの男、どう思う」

小仏が肩を並べたイソにきいた。

「所長に、『雪女』の所在をきかれた瞬間、やつは目の色を変えた。おれは、怪しいとにらんだ」

「東堂から何者かが盗んできた名画を江守はあずかって、どこかに隠しているということだな」

「そう。自分の家とかへは持っていかなかったと思う」

小仏は、名画とその脇に並んだ古清水の壺を頭に描いた。二点とも後光を放っているように映った。

小仏は、江守羊次郎がどういう人物かを詳しく知りたくなった。

まず住所だ。江守の帰宅を尾けるために、小仏とイソは太い樅の木の陰に隠れた。午後六時きっかりに美術館の電灯が消えた。十数分後に女性が二人、正面出入口から出てきて、照明を消した。江守は、小さな灯りの点いている脇口から出てきた。長身の背中に弱い灯りを背負っているようだった。彼は出てきたドアを振り返るようにしてから、美術館の壁伝いにやってきた。南へ約十分歩き、間口の広い和菓子店横の路地を入った。白い猫が路地を横切った。グリーンコーポという五階建てマンションへ入り、エレベーターを四階で降りた。

小仏は四階へ上がってみた。部屋は五室あって、中央の部屋の窓にだけ灯りが点いていた。窓に人影が映った。そこが自宅なのだろうか。

イソが一階の集合ポストを見てきた。

「四階の四〇三号室のポストには、宮島（みやじま）っていう名札が入っている」

「女だ。たぶん愛人の住まいだろう」

「愛人……。もしかしたら」

イソはいいかけて口をつぐんだ。

小仏とイソは、マンションを出て、道路の電柱に寄りかかった。

グリーンコーポの四〇三号室に入った江守は、一時間半後に出てきた。服装は変わっていなかった。手にはなにも持っておらず、左手をズボンのポケットに突っ込んだ。どうやらそれが癖のようだ。

中央通りをまたいで、東へ約十分歩いた。小学校の校庭に突きあたると右折した。グリーンコーポを出て約二十分で、古そうな木造二階建てに着いた。玄関の窓に灯りが映っていたがすぐに消えた。玄関の柱には「江守」の表札が貼り付いていた。

「きょうは収穫があったね」

イソはそういうと腹に手をやった。早くメシを食いたいといっているのだった。おでんと焼き鳥の店が並んでいた。

「どっちにする」

小仏が店を向いたまままきいた。

「両方とも食いたい」

イソはいったが、おでんの店へ入った。腰掛けるなり、箸を摑んで、

「だいこん、コブ巻き、ちくわ」

と、湯気の向こうに立っているおやじにいった。

「江守羊次郎。どういう人間かを知る必要があるね」

イソは、ちくわを嚙みながらいった。

おでんを食べながらコップの熱燗(あつかん)を二杯飲むと、額に汗がにじんだ。


翌日、江守羊次郎の経歴を調べた。生まれは千曲(ちくま)川に近い中野(なかの)市。女二人、男二人の四人姉弟の三番目。実家は農業で、牛と豚を飼っていた。羊次郎だけが富山の大学を出て、富山市内の製薬会社に就職した。絵を描くのが好きで、水彩画をよく描いていたし、美術館へはたびたび行っていた。三十代半ばに学芸員の資格を取って、若松美術館に採用された。三十歳で結婚し、男の子が二人いる。二十五歳の冬のことだが、思いを寄せていた富山市内の女性の家へ、放火したという疑いを持たれて、警察で取調べを受けたことがある。

酒を飲むと人に絡む癖があることが知られて

いるので、知り合いは、彼との飲食を避けているらしい。

長野市県町（あがたまち）のグリーンコーポ・四〇三号室に住んでいるのは宮島琴美（ことみ）といって二十九歳。彼女は南長野の浜名屋（はまなや）製パン工場に、高校卒業以来勤務している。江守とは二年ほど前からの恋仲。二人の関係を知っている人は、若松美術館にはいないようだ。

小仏とイソは、江守羊次郎の経歴と人となりを摑むのに二日間を要した。

小仏とイソは、小雨がやんだ夕方、若松美術館を囲んでいる樅の木に寄り添った。雨が降ったからか美術館を囲む芝生の公園には遊んでいる人はいなかった。

美術館をにらんで二十分ばかりが経った。十メートルばかりはなれた位置に立っていたイソが、小仏の足元へ小石を投げてよこした。小仏はイソのほうを向いた。イソは左手の指を美術館とは反対のほうへ向けた。四、五十メートル先の木のあいだに男が二人立っていた。イソは、その二人をよく見ろといっているのだった。小仏は太い幹に隠れるようにして二人の男の動きを見つめた。一人は幹の周りをまわるように歩いていた。夕方である。二人の男はなんとなく所在なさげだ。

「田代じゃないか」

小仏は二、三歩、イソのほうへ寄った。

「そうだよ。田代兄弟だよ」

イソは太い幹に隠れた。

「二人は、美術館の閉まるのを待っているんじゃないか」

「そう、そうだよ。江守が出てくるのを待ってるんだ。美術館の人にも顔や姿を見られたくないんで、隠れているんだ」

小仏とイソは、田代兄弟らしい二人の男の身動きをじっと見つめた。

美術館が暗くなった。女性が二人出てきた。出入口の電灯が消えた。二人の女性は田代兄弟らしい男がいるところとは反対方向へ消えていった。

五分後、美術館から江守が出てきた。彼はなにかを置き忘れでもしたように立ちどまり、出てきたところを振り返ったり、首をまわした。それは、自分を見ている人がいないかを確かめたのだろう。

江守は、太い樅の木の幹に隠れるようにしていた田代兄弟らしい二人に合流すると、美術館を取り囲んでいる公園を出ていった。

小仏とイソは、公園を出た三人の後を尾けた。

頭上を黒い雲が西へはしっている。雲の切れ間にのぞいた星が、目を射るような光を放った。
四、五十メートル前を歩く三人を観察していると、彼らは会話をしていないようだし、三人はかたまらないように間隔をあけて歩いているらしい。
三人は市立図書館の前を百メートルばかり通り過ぎると、左折した。江守が立ちどまって後ろを振り返った。尾けてくる者がいないかを警戒している恰好だ。

小型トラックが小仏たちの視界をふさいで通

過した。その瞬間を待っていたように三人の姿が消えた。小仏とイソは顔を見合わせた。三メートルほどの幅の道路の両側には同じような二階建ての住宅が並んでいる。そのうちの一軒へ三人は飛び込んだらしい。小仏は足をとめて両側に並んでいる二階屋を一軒一軒観察した。

どの家にも表札が出ていた。「井坪」「古川」「木村」「野上」「遠藤」「佐々木」「片桐」。

小仏は「紬」という表札の家の前に立った。両側の家より間口が広い。その家の一階には灯りが点いているが、二階は封をしたように雨戸が立てられて、灯りは洩れていなかった。

「紬って、名字なのか」

イソが表札に目を近づけた。小仏はその家の横の路地へ入った。猫が利用していそうな細い路地だ。台所と思われる窓からは灯りが洩れている。

「ここは普通の住宅じゃないな」

小仏が路地に立っていった。

「普通の住宅じゃないっていうと」

「お忍びの人が利用する家だろう。酒と料理を出す」

「特殊な料理屋か。江守たちは、ここをたびたび使っているのかも」

イソは雨戸を固く閉じた二階を仰いだ。その家を撮影した。西町というところらしい。

小仏とイソは、長野中央署へ駆け込んだ。

熊谷という刑事課長が、四十代と三十代の刑事を連れて会議室へ現れた。

「説明が少し長くなりますが、きいてくださ
い」
小仏が出されたお茶を一口飲んで、熊谷課長
の顔を注視した。
田代修治と唯民という四十代の兄弟は、一年
前の四月、長野市内で、道路の信号のないとこ
ろを渡ろうとしていた女性を乗用車ではねて、
怪我をさせた。が、怪我をした人を道路に置き
去りにして走り去った。
その後、被害者に詫びを入れるどころか、逆
に金をむしり取ってやろうと、第三者を装って
被害者に電話をし、「あなたに怪我をさせた車
を運転していた人は」と自分たちの名前を伝え、
示談の仲介で金を得ようとしたが怪しまれ、う
まくいかなかった。兄弟は、勤め先を辞めて、
ある商売をはじめた。松本市内に事務所を借り
て「快決社」という困りごと相談所の看板を出
した。その看板を見て何人もが相談に訪れた。
困りごとの多くは、家族の一人が家を出ていき、
どこで何をしているのか不明。で、その行方を
さがして欲しいという依頼だった。兄弟は女性
事務員を一人雇っていたが、行方不明者をさが
す行動には着手しなかった。手付金を受け取っ
ていたが調査にはまったく動かなかった。それ
は当初からの計画のようだった。
詐欺商売なので、長くはつづけられなかった。
松本市内の事務所をたたむと夜逃げをし、札
幌市へ移って「交善社」というインチキ商売を
はじめ、何人もから手付金を受け取った。人さ
がしの調査は下請けにやらせているといい逃れ

をしていた。

札幌でも同じ商売は長くはつづけられず、長野市へ移って、「照栄社」と称して同様の詐欺をはたらいていた。

そこへまとまった金を摑むことができそうな話が転がり込んできた。

某画廊が所有している名画を盗み出すという手荒い犯行だ。その標的にされたのは長野市内の信州東堂が所有している磯田龍平の『雪女』。それを手に入れる方法は、展示室の厚い壁を外から破るしかなかった。

数年前、田代修治は、東京上野の高級貴金属店の厚い壁をくりぬいて、商品を盗む犯罪に加担していた。その手段を再現して、名画と称されている『雪女』と、その横に据えられていた古清水の壺を同時に盗み出した――

2

小仏は、熱いお茶をもらって、喉を潤した。

名画と称されているものはその取扱いが厄介である。どこへ動いたか、だれが買ったかが話題になる。内々の取引には長い時間が必要だ。したがってしばらく寝かせておくことにした。困りごと相談所の営業はしばらく休むことにして、他の手段で金を得る方法を、田代兄弟は練った。

兄弟のどっちがいい出したかは不明だが、資産家の子どもを攫って、身代金を奪う犯行を考え付いて、それを実行することにした。兄弟は話し合って標的を少女にすることを決めた。適当な少女をさがすのに何日間かを要した。

諏訪湖畔に柏千という旅館があって、柏戸家が経営している。次男の柏戸哲也に中学生の娘がいることが分かり、その娘の下校時を尾行して、独りになったところを狙って拉致し、身代金を要求して奪った。

それから四週間後、下諏訪町の湖畔桜酒造を経営している宮坂家の一人娘を攫って、やはり身代金を奪った。

「田代修治と唯民は札付きのワルです」

小仏がいった。

「世の中には、金を得る手段に不法行為しか考えないやつらがいる。田代兄弟がそれですね。二人には家族はいないのですか」

課長は顎を撫でながらきいた。

「松本と東京にいますが、めったに寄り付かないようです」

「悪事で稼いだ金は、どうしているのか」

「たまには家族に送金しているのかも」

小仏は想像をいった。

「家族は、汚い金だということを知らないでしょうね」

熊谷課長はそういってから、テーブルに手を突いて立ち上がり、二人の刑事に目で合図した。

長野中央署を出た三台の黒い車は、西町へ向かった。細い通りへ入り、中ほどの紬という表札の出ている家の前にとまった。

肩幅の広い係長が、固く戸が閉まっている二階を見上げてから玄関へ入った。たたきにはっつかけが二足並んでいるだけだった。

「二階にいる客の名を教えてください」

係長は、玄関へ出てきた中年の女性にきいた。女性は中腰になって、もじもじと動いた。

「客の名を教えなさい」

係長は強い調子でいった。

「中村さんだと思います」

女性は震えながら小さい声で答えた。

「中村なんという名ですか」

「存じません」

女性は顔を伏せた。

「何人で飲み食いしている」

「三人でございます」

係長は後ろを振り向くと腕を上げて、振り下ろした。六人の警官が靴を脱いだ。先頭の警官が階段目がけて走ると、その後ろを五人がつづいた。炊事場のほうから中年女性が出てきた。その人は口に両手をあてた。後ろには鉢巻きをした男が立っていた。

小仏とイソは、警察の車に寄りかかって、飴玉をしゃぶっていた。十五、六分経つと、どやどやと足音がして、「うう」とか、「かあ」とかと、訳の分からない声が階段を下りてきた。階段を踏みはずしたような音もした。

玄関で震えていた女性が、たたきに靴を並べた。客の靴をである。

警官に引きずられるようにして出てきたのは、長身にグレーのジャケットの江守羊次郎だった。彼は酔っているらしく警官に支えられてよろよろと階段を下り、玄関の上がり框（かまち）に腰掛けて靴を履いた。蒼い顔をして、なにやら訳の分からないことを口走った。

次に玄関で靴を履いたのは田代唯民で、からだを左右に揺らしていた。酒に酔い、まともに靴を履けなかった。

三番目に階段を下りてきた男は、警官が肩を貸そうとすると、それを振り払った。田代修治だ。彼の口の周りには不精髭（ひげ）が伸びていた。顔は蒼いが目は赤い。彼は警官の手を借りずに靴を履いた。車に押し込まれる前に唾（つば）を吐いた。

長野中央署の留置場で夜を明かした三人は、三か所の取調室で、取調官と向かい合った。

田代修治の正面にすわったのは熊谷課長で、十数分、なにもいわなかった。修治は腕を組んで下を向いていた。

「水を一杯くれませんか」

修治は、課長の顔をちらりと見てからいった。

「ゆうべの料理が、旨かったんだろうな。どんな料理で酒を飲んだんだ」

「鍋です。大した物じゃなかった」

右手の前へガラスのコップになみなみと注がれた水が置かれた。修治はそれを一気に飲み干した。

「いつも旨い物を食っているんだろうね」

「それほどでも。歳のせいか食が細くなったし、酒に酔うようになりました」

「歳のせいというほどの年齢ではないじゃないか」

「いいえ、歳です。根気もなくなった」

「あんたは松本のホテルを辞めてから、いろんなことをやってきたようだが、そのアイデアはあんたが出すのか」

「アイデアというほどのことでは」

修治はテーブルの端の小さな疵（きず）に視線をあてている。

「六年前、東京上野の貴金属店が、何人かの盗賊に建物の壁を破られて、高級時計やアクセサリーが盗まれた。その犯人の一人は、あんただったんだな」

「私は、そんなことに参加したりはしていません。私はホテルに勤めていたんですよ」

「厚い壁を破るには道具が要るし、時間もかかる。どんな道具を使ったんだ」

「知りませんよ、そんな。そんな作業に、私は関わっていません」

「たとえば電気ドリルのような機械を使うと大きな音がする。それで根気よく、手作業で、壁に穴をいくつもあけたんだろうな」

課長がいったが、修治は、「ふん」というように横を向いた。

課長は五、六分黙っていたが、

「『雪女（ゆきじょ）』をどこへ隠した」

と、胸を突き刺すようにきいた。

「ゆきじょって、なんですか」

「とぼけるな。いま住んでいるところへ隠しているのか、それともだれかにあずけているのか」

「知りません。なんのことだか、私にはさっぱり」

「ゆうべは、美術館員の江守羊次郎と飲んでいた。江守とは長い付合いなのか」

「それほどでも」

曖昧な答え方だ。

「美術館員と親しい。盗んだ絵を金にするにはどうするかを、相談しただろうな。……盗んだ絵を、江守にあずけたのか」

「なんのことをおっしゃっているのか、私にはさっぱり分かりません」

「せいぜいとぼけているがいい。あとで痛い目に遭うぞ」

課長は、修治を取調室へ置き去りにして、別室で江守羊次郎と向かい合った。江守はちらりと課長を見たが、目を伏せた。寒さをこらえているように両手を股にはさんだ。

「あんたは美術館の主任を務めている人だ。いくつもの犯行を重ねてきた田代兄弟と一緒に、署へ連れてこられ、一夜を過ごした。どうしてなのか分かっているか」

返事をしないので、課長は同じ質問を繰り返した。

「分かりません。分かりませんが、田代兄弟と一緒にいたからでしょう」

「田代兄弟がいままでやってきたことを、知っているんだね」

「知りません。知りませんが、警察へ連れてこられたのですから、なにかの嫌疑が掛けられているのでしょう」

「あんたは田代兄弟が犯した事件の、片棒を担いでいる。……私たちが疑っているのはそこだ。……田代兄弟は、東堂画廊から『雪女』という名画を盗み出した。目的は、金にするためだ。すぐに金にしたいが、事件直後だと話題になるだろうし、足がつきやすい。そこで田代は、かねてから知り合いのあんたに『雪女』をどうするか、どこへ隠すかを相談したにちがいない」

江守は腕組みすると、自分の腹でも見るように下を向いた。十分あまり黙っていたが、

「東堂から『雪女』が盗まれたことは知っていますが、その犯人がだれかは知りません。……盗んだのは、田代だったんですか」

「とぼけるな。盗っ人兄弟から相談を受けたにちがいない。それとも、『雪女』をあずかったんじゃないのか」

課長は、平手でテーブルを叩いた。

江守は目を瞑った。頭が重いのか首を垂れた。

課長は江守を攻めたが、答えないので苛(いら)つき、椅子の脚を蹴った。蹴りかたがまずかったのか、片方の足を引きずりながら取調室を出ていった。

その課長の背中に小仏が声を掛けた。振り向いた課長は首を左右に振った。田代修治と江守羊次郎はきいたことに満足に答えない、と課長は渋い顔をした。

小仏は、課長の近くへ寄った。

「市内県町にグリーンコーポというマンションがあります。そこの四階の四〇三号室に、宮島琴美という二十九歳の女性が独りで住んでいます。その人は南長野の浜名屋製パン工場に勤めています。彼女と江守羊次郎は二年ほど前から

親密な付合いをしているようです」

小仏はそれだけを告げると、片目を瞑って、課長に背中を向けた。

3

午後六時。西へ流れる白い雲が速さを増した。ちぎれると象のようなかたちになったり、麒麟（きりん）になったり、巨大な鳥のような形に化けては散っていく。

午後六時五十分、色白の中背の女性が、白いバッグと紙袋を提げて、グリーンコーポのエレベーターに乗った。四階で降りると、四〇三号室のドアにキーを差し込んだ。彼女は部屋へ一歩踏み込んだ。と、黒っぽいスーツの三人の男が、彼女の背中を押すようにして室内へ入り、宮島琴美かを確認した。

「部屋の中を見せてもらいたい」

肩幅の広い警官が彼女に令状を示した。彼女はバッグで顔を隠すようにした。

三人の男たちは押入れから、厚い段ボールの大小の二つの箱を取り出した。箱の中の物を確かめると、車に運び、一台の黒い車に琴美を乗せた。

長野中央署に着くと、宮島琴美を取調室の椅子にすわらせた。二つの段ボール箱から、収められていた物を取り出した。周りに立っていた十人ばかりが、「うおう」と、腹の底から声を吐いた。鑑定家らしい白い顎鬚の男が、箱から出された額入りの絵に目を近づけたが、すぐに強くうなずいた。

『雪女』は、二メートル半の位置から観るのがいちばん美しいといわれている。

別の箱からは高さ三十センチほどの壺が取り出され、白い布の上へ置かれた。

東堂から盗まれた名画『雪女』と、『凜』と名付けられた古清水の壺が並んだ。『凜』は『雪女』を引き立てていた。

警官や職員が代わるがわる、二点の美術品を見にやってきた。低く小さく唸った署員が何人もいた。

イソが、小仏の腋の下をくぐるようにして首を伸ばした。彼は、長いこと『雪女』をにらむように観ていた。

薄い衣で上半身を包んだ雪女は、綿のような雪の上にゆったりとすわっている。目は鳥のさえずりでもきいているように和やかで、情をにじませて微笑んでいる。豊かな黒髪は背中に広がっている。手の指は白く華奢だ。鼻は細い筋で落ち、口は小さい。乳房はまるくて乳首はつんと前を向いている。秘めどころは、赤い蹴出しがしまいこんでいる——

「江守は、『雪女』を、人手に渡したくなかったんじゃないかな」

イソは、絵に顔を向けたままつぶやいた。

小仏太郎探偵日誌
長野善光寺殺人参詣

二〇二三年八月二十五日　初版第一刷発行

著者　梓林太郎
発行者　岩野裕一
発行所　株式会社実業之日本社
〒一〇七-〇〇六二
東京都港区南青山六-六-二二
emergence 2
TEL　〇三（六八〇九）〇四七三（編集）
〇三（六八〇九）〇四九五（販売）
DTP　ラッシュ
印刷　大日本印刷株式会社
製本　大日本印刷株式会社

https://www.j-n.co.jp/

ISBN978-4-408-53842-6（第二文芸）